LES ESCOVIENNES

Abbé H. THUILLIER

CHEZ NOUS

EVREUX

IMPRIMERIE DE L'EURE

1912

Armes données au Collège par M. l'abbé Acard,
Supérieur,

Dessinées par M. l'abbé Goumaux, professeur
(1872).

LES ESCOVIENNES

Abbé H. THUILLIER

CHEZ NOUS

EVREUX

IMPRIMERIE DE L'EURE

1912

Imprimatur :

25 junii 1912.

† PHILIPPUS, *ep. ebr.*

I

HOMMAGES

Cui honorem, honorem.
(Saint Paul, XIII, 7).

A S. E. LE CARDINAL AMETTE, ARCHEVÊQUE DE PARIS

alors Evêque de Bayeux

UN ROSIER DU VEXIN

A sa mère.

Un Rosier du Vexin a porté ces trois roses :
Aux rayons flamboyants du Cœur de Jésus-Christ
Toutes les trois se sont écloses,
Toutes les trois, sourire aux lèvres, ont fleuri.

L'une fut à nos yeux comme une blanche aurore :
Sa corolle d'argent avait l'éclat si pur
Qu'il nous semble la voir encore
Près de l'Ange d'Evreux scintiller dans l'azur *.

L'autre était blanche aussi — plus petite — adorée...
C'est au sang de Jésus qu'elle prit sa couleur :
Quand elle fut tout empourprée,
Jésus dans son Ciel d'or mit la petite Fleur **.

Enfin, la Rose d'or qui maintenant rayonne
A ton blason d'azur, Eglise de Bayeux,
Sais-tu quel rosier te la donne?
— Pardon, Madame, on lit la réponse à vos yeux.

25 janvier 1899.

* M. l'abbé Gabriel Amette, secrétaire général d'Evreux, frère du Cardinal.

** Elisabeth du Sacré-Cœur, sœur du Cardinal, morte dominicaine au couvent d'Etrépagny.

LA GERBE

Inter fratres suos.

C'était le même doux mystère
Qui se renouvelle à nos yeux :
Les cieux souriaient à la terre,
La terre souriait aux cieux.

A Dothaïn, la solitaire,
Les enfants de Jacob, joyeux,
Moissonnaient, près de leur vieux père,
Le champ fertile des aïeux.

Or, lorsque chacun eut sa gerbe,
L'un plus d'épis, l'autre plus d'herbe,
Celle de Joseph se leva.

Et les autres, prenant une aile
Sous le souffle de Jéhovah,
Vinrent s'incliner devant elle.

1899. Au Collège, à l'occasion de l'offrande d'un calice à Monseigneur Amette, par les prêtres du doyenné d'Ecouis.

SOUVENIRS D'ÉTRÉPAGNY

— Chasse à courre! Le cerf détale.
La meute le hue et le mord;
L'homme bondit sur sa cavale,
Attentif aux signaux du cor.
Mais, bientôt l'horizon le gagne.
On n'apercevait plus que lui.
On ne voit plus que la campagne :
L'éloignement tient lieu de nuit.

— Dans la moisson brillante et blonde
Qui s'étend comme une forêt
Des maisons du Thil à la Londe,
Le faucheur entre et disparait.
A peine si de la colline
On peut, par éclairs, découvrir,
Son grand front, devant qui s'incline
Le champ de blé qui va mourir.

— Comment donc se fait-il que l'aigle
A beau s'éloigner quelquefois
Plus que le faucheur dans le seigle,
Plus que le cerf au fond des bois,

Notre œil ne perde point sa trace
Et, jusqu'au soleil le suivant,
Notre cœur l'atteigne et l'embrasse ?
— C'est qu'il s'éloigne en s'élevant.

1er janvier 1899.

A MONSEIGNEUR HAUTIN, EVÊQUE D'ÉVREUX

Archevêque nommé de Chambéry

—

LA NORMANDIE

La Normandie était bien belle
Pourtant... avec ses prés fleuris
Et sa campagne où l'or ruisselle
Quand la faulx couche la javelle
Lourde d'épis,

Avec sa mer dont les rafales
Battent les rochers sourcilleux,
Avec ses vieilles cathédrales
Dont les gigantesques spirales
Percent les cieux.

Ce que vous offre la Savoie
Nous vous l'aurions offert ici :
Beaucoup d'amour, beaucoup de joie...
Quelques ronces près de la voie,
Des fleurs aussi...

Notre foi ne faisait entendre,
Il est vrai, qu'un chant incertain :
Mais le cœur était toujours tendre...
Le feu que recouvre la cendre
N'est pas éteint.

Hélas! Pourquoi nous perdre encore
En un long regret superflu ?
Le soleil fuit les cieux qu'il dore;
Il porte à d'autres son aurore :
Dieu l'a voulu.

Respect à son ordre suprême !
Que sa main dirige nos jours;
Nous restons vos enfants quand même
Monseigneur — Notre cœur vous aime,
Et pour toujours.

Janvier 1894.

A S. G. Mgr F. Sueur, Evêque d'Évreux

puis, Archevêque d'Avignon

LA MOISSON

Monseigneur, — vous avez une première fois
Visité le Vexin à la saison d'automne :
La terre était sans fleurs et le bosquet sans voix :
La terre, à ce moment, n'a que ce qu'on lui donne.

Aujourd'hui, c'est son tour de donner; et les rois
Peuvent porter envie à l'or de sa couronne.
Les grands bœufs blancs pensifs traînent de longs
[charrois :
Les blés montent en meule, où le laboureur trône.

Ainsi, depuis un an, ont germé dans nos cœurs,
Monseigneur, — vos conseils aidés de nos labeurs
Et voilà qu'aujourd'hui l'épi succède à l'herbe.

Daignez donc, Monseigneur, présider la moisson,
Quand on a tout semé, c'est justice et raison
Qu'on vous fasse l'honneur de la plus belle gerbe.

Au Collège. Distribution de prix 1895.

A MONSEIGNEUR SIMÉON COLOMB

Evêque d'Evreux

—

ARMES PARLANTES

Monseigneur, la voix de vos armes,
N'a pas de ces accents guerriers
Qui sont cause de tant d'alarmes,
Et font répandre tant de larmes
Sur des lauriers.

C'est une voix sonore et pure,
Et douce, comme un chant d'oiseau,
Comme le chant qui se murmure
Dans la blanche et fine guipure
Près d'un berceau.

Ah ! dites-nous, armes parlantes,
Votre concert mystérieux,
Olivier aux feuilles tremblantes,
Noble Dauphin des mers sanglantes,
Oiseau des cieux.

La branche d'olivier frissonne :
— La paix est mon plus doux trésor.
Enfants joyeux, je vous la donne.
Cueillez et courbez en couronne
Mon rameau d'or.

— Je vous offre du sein de l'onde,
Ces rouges reflets de corail,
Dit le Dauphin : Rien ne se fonde,
Et rien ne grandit, dans le monde,
Sans le travail.

Alors, la Colombe candide
Traverse le ciel azuré.
Elle approche. L'Esprit la guide.
Elle presse d'un pied timide
L'arbre sacré.

— Enfants, écoutez ma parole,
Dit-elle, Enfants aimés de Dieu,
Prenez ma blancheur pour symbole :
Ayez une blanche auréole
Un cœur de feu.

Ces belles vertus d'Innocence,
De Paix, de Travail, Monseigneur,
Bientôt notre reconnaissance
Vous en montrera la croissance
Dans notre cœur.

Au Pensionnat, 30 décembre 1897.

LES DEUX COLOMBES *

L'une avait peur à tout moment
Que l'épervier fondît sur elle.
A travers le bleu firmament
Elle fuyait à tire d'aile.

L'autre se posa noblement
Sur l'olivier simple et fidèle
Et dit : Petit oiseau charmant,
Viens te mettre sous ma tutelle.

Plus de tristesse! Plus d'effroi!
L'Esprit Saint qui repose en moi
Te défendra des vautours même.

L'humble colombe avec bonheur
Vola près de sa grande sœur
Et lui dit doucement : Je t'aime.

Au Collège, 30 décembre 1897.

* L'une figurait dans les armes de Mgr Colomb, l'autre dans celles du Collège. Le Collège venait de subir de fortes secousses.

A MONSEIGNEUR PHILIPPE MEUNIER

Evêque d'Evreux.

NOTRE-DAME DE MARCONNE

Nous l'aimions tendrement notre douce Colombe.
A peine si ses pieds touchaient à l'olivier!
Dans l'Océan de sang que le ciel bleu surplombe
Le Dauphin d'or semblait lui-même l'envier.

Un jour, tout disparut dans un déluge, énorme,
Effrayant : — cieux et mers mêlèrent leur fureur.
Le Dauphin vint nager dans les branches de l'orme
La montagne engloutie eut un frisson d'horreur,

Et le noble Vieillard, le Saint, le Patriarche
Qui, depuis le matin, attendait l'oiseau blanc,
Triste, ayant refermé la fenêtre de l'arche,
Sur le front d'un des siens posa son front tremblant.

Mais, voici que la mort a fait place à la vie :
Voici que l'Océan dans son lit est rentré;
Voici qu'à notre vue, apaisée et ravie,
Se lève, dans un ciel tout pur, l'astre sacré.

Et quel nouveau prodige à nos yeux se dévoile ?
Que nous montres-tu dans la nuit,
Blanche étoile?
Est-ce un rêve ou la fin de notre long ennui?

C'est d'abord une blancheur pâle :
On dirait un reflet d'opale.
Puis, le nimbe va grandissant,
Puis, une forme enchanteresse
S'y dessine. — O mon Dieu, serait-ce
La Colombe qui redescend?

C'est elle en vérité, c'est elle,
La même noblesse immortelle,

La même ardente charité,
La même bonne grâce insigne,
La même pureté de cygne
Dans la même sérénité.

Et cette Dame gracieuse
Qui nous la rapporte, joyeuse,
L'ayant réchauffée à son cœur,
C'est une Dame toute bonne,
C'est Notre-Dame de Marconne,
C'est Votre Dame, Monseigneur !

1898.

* Mgr S. Colomb, mort subitement au moment où il était attendu à Rome par le Saint-Père.

CE QUE NOUS SAVONS FAIRE

Ballade

Faut-il en fils de soie et d'or
Mettre en bouquets des ravenelles
Ou rimer d'humbles villanelles?
Cela nous le faisons encor.
Mais, faut-il, d'une âme légère,
Perdre à des riens minutieux
Le temps du travail sérieux :
Cela nous ne saurions le faire.

Faut-il atteindre en son essor
Le diplôme aux puissantes ailes
Et dompter ses humeurs rebelles :
Cela, nous le faisons encor.
Mais, le déployer en bannière,
Dans un grand salon ennuyeux
Et tirer à soi tous les yeux :
Cela nous ne saurions le faire.

Faut-il par un constant effort
Acquérir les vertus si belles
Des jeunes saintes, nos modèles :
Cela, nous le faisons encor.
Et si, pour posséder la terre
Et ses plaisirs fallacieux
Il nous fallait perdre les cieux :
Cela nous ne saurions le faire.

ENVOI

C'est comme s'il nous fallait taire,
Monseigneur, l'amour et les vœux
Qui montent vers vous de ces lieux :
Cela nous ne saurions le faire.

Au Pensionnat, 1898.

ROSE DE NOËL

A l'heure ou je me suis ouverte,
Ce matin, parmi les frimas,
On ne voyait plus l'herbe verte
— A l'heure où je me suis ouverte —
Et vraiment je ne pensais pas
Que je devais vous être offerte,
A l'heure où je me suis ouverte,
Ce matin parmi les frimas,

Mais, depuis, j'ai touché les langes,
Les langes de l'Enfant Jésus,
Aussi blancs que des ailes d'anges.
Mais, depuis j'ai touché les langes.
Oh ! quels dons parfaits j'ai reçus
Et quels arômes de leurs franges !
Mais, depuis, j'ai touché les langes,
Les langes de l'Enfant Jésus.

Je suis belle autant que la rose,
Modeste autant que le muguet.
Au milieu de l'hiver morose,
Je suis belle autant que la rose.

Mais, malgré le désir que j'ai
De venir en vos mains, — je n'ose.
Je suis belle autant que la rose,
Modeste autant que le muguet.

Oh ! que votre Grandeur me prenne,
Monseigneur, c'est là tout mon vœu.
Entre vos mains, je serai reine :
Oh ! que votre Grandeur me prenne.
Je suis une bien pauvre étrenne...
Mais, je vous viens de l'Enfant-Dieu.
Oh ! que votre Grandeur me prenne,
Monseigneur, c'est là tout mon vœu.

Au Pensionnat, janvier 1900.

LES CLOCHES

LES CLOCHES (chœur)

MARIE } deux jeunes filles d'Ecouis, deux sœurs.
LAURE }

— *Sous les tilleuls du cloître.* —

I

(Dong... Dong...)

MARIE

Ecoute, ma sœur !.. (Dong) Qu'est ceci ? (Dong)
C'est la grosse cloche qui sonne. (Dong)

LAURE

Je l'entends et même en frissonne (Dong)
Nous en sommes si près ici ! (Ding, Ding, Ding)

MARIE

Tiens ! Voilà qu'Angèle l'imite (Dong)
Et qu'Irène, la plus petite, (Ding)
Vient de se mettre en branle aussi.

LES CLOCHES

Dong... Dong... Ding... Dong... Dong...
Ding... Dong... Dong... Ding... Dong... Dong...

MARIE

Ding? Dong? Que disent-elles donc?

II

LAURE (chantant)

« Riante plaine du Vexin,
« Combien de fois nos tours sonores
« Epouvantèrent tes aurores
« Des glas lugubres du tocsin!
« Combien de fois fut déchirée,
« La robe fleurie et dorée
« Qui flotte à longs plis sur ton sein! — »

LES CLOCHES

Dong... Dong... Ding... Dong... Dong...
Ding... Dong... Dong... Ding... Dong... Dong...

LAURE (anxieusement)

Ding! Dong! que disent-elles donc?

III

MARIE

Tu trembles toujours, toi, ma sœur,
Et tu ne rêves que ténèbres.
Comment peux tu trouver funèbres
Ces chauds accords pleins de douceur
Et ces joyeuses envolées
Que les échos des Quatre Allées
Reprennent à mi-voix, en chœur?

LES CLOCHES

Dong... Dong... Ding... Dong... Dong...
Ding... Dong... Dong... Ding... Dong... Dong...

MARIE

Ding! Dong! Que disent-elles donc?

IV

LAURE

Et toi-même, sœur, qu'en dis-tu
De leur grande réjouissance?
Annoncent-elles la naissance
D'un nouvel être à la vertu?
Sonnent-elles un mariage?

MARIE

En Carême ? Pas davantage.

LAURE

Et puis, au Prône, on l'aurait su.

LES CLOCHES

Dong... Dong... Ding... Dong... Dong...
Ding... Dong... Dong... Ding... Dong... Dong...

LAURE

Ding ! Dong ! Que disent-elles donc?

V

MARIE

En vérité, je n'en sais rien...
Mais, sans doute, Dieu nous envoie
Quelque illustre sujet de joie
Qu'elles carillonnent si bien !
Ont-elles sonné mieux, ma chère,
Pour le *Te Deum* que naguère
Célébra Monsieur le Doyen?

LES CLOCHES

Dong... Dong... Ding... Dong... Dong...
Ding... Dong... Dong... Ding... Dong... Dong...

MARIE

Ding ! Dong ! Que disent-elles donc?

VI

LES CLOCHES (chantant)

Si nous sonnons avec bonheur,
Dong... Ding... Dong... Ding... Dong...
Mesdemoiselles les distraites,
Ding... Dong... Ding... Dong... Ding...
Les causes n'en sont point secrètes,
Dong... Dong... Ding... Dong... Dong...
C'est que nous voulons faire honneur...
Ding... Ding... Dong... Ding. Ding...

MARIE (vivement)

Ah ! je comprends !... Sommes-nous folles !
Sur leur air, vite ! des paroles !

LES CLOCHES

Dong... Ding... Ding... Ding... Dong...

(Les deux sœurs chantent accompagnées par les cloches :)

A vous tous nos vœux, Monseigneur!

LES CLOCHES

Ding... Dong... Dong... Dong... Ding... **

Au Pensionnat, 12 mars 1900.

* A l'occasion de ses noces d'argent.

** Mis en musique par M. le chanoine Cresté.

II

PRÉLUDES

Les pièces qui suivent ont été composées à Évreux, de 1887 à 1889. Comme elles sont le prélude naturel des *Escoviennes*, nous prenons la liberté de les insérer ici. Celles qui ont été remaniées profondément portent deux dates.

LE SECRET DU PREMIER COMMUNIANT *

CANTIQUE

A Jean D...

1. Qu'est-ce qu'Il m'a dit, ô Vierge Marie,
Votre Enfant Jésus, en ce beau matin,
Quand, divine abeille allant au butin,
Il a visité mon âme fleurie?

REFRAIN

C'est un grand secret
Qu'au monde il faut taire,
Mais à vous, ma Mère,
Je vous le dirai.

* Mis en musique par M. l'abbé M. Bruneau (V. *La neuve lyre de Notre-Dame*) et par M. l'abbé Haumey, ancien maître de chapelle de la Cathédrale d'Evreux.

2. Qu'est-ce qu'Il m'a dit quand, fraîche Rosée,
Manne immaculée aux senteurs de miel,
Il est descendu du haut de son ciel
Et sa sainte Hostie en moi s'est posée?

C'est un grand secret...

3. Qu'est-ce qu'Il m'a dit quand, rayon d'aurore,
Il a, prévenant mes pieux désirs,
Allumé les feux de mille saphirs
Dans l'ombre où mes sens sommeillaient encore?

C'est un grand secret...

4. Qu'est-ce qu'Il m'a dit, ô Mère que j'aime,
Quand, nouveau saint Jean, j'ai senti son Cœur
Envahir le mien d'un charme vainqueur
Et le transformer en autre Lui-même?

C'est un grand secret...

5. Mais, vous le savez ce secret, ô Vierge,
Puisqu'avec Jésus vous étiez en moi,
Tandis que mon Cœur, tout rempli d'émoi
Fondait à sa voix, comme au feu mon cierge.

Oui, ce grand secret
Qu'au monde il faut taire,
C'est par vous, ma Mère,
Que je le vivrai !

1888-1906.

AU POÈTE HENRI CHEMIN.

LE RENOUVEAU

Les fleurs ont apparu.

(*Office de la Sainte Vierge*).

Le temps a laissié son manteau
De vent, de froidure et de pluye.

Charles d'ORLÉANS.

Frère, si nous chantions! — Vois : la terre attiédie
S'imbibe de chaleur, de lumière et de vie :
Le vent froid, qui, naguère, agitait nos ormeaux,
S'est enfui; — les zéphyrs ont fondu les ruisseaux
Et l'Ange du Printemps parcourt la Normandie
Semant les prés de fleurs et les forêts d'oiseaux.

— O Temps, qui te mourais, triste, auprès de ta bière,
L'autre jour, l'œil éteint sous ta lourde paupière,
Les membres décharnés et grelottants, — dis-moi :
D'où te vient aujourd'hui cet air de jeune roi
Au teint rose, à l'œil vif, à l'âme ardente et fière?
Je ne te connais plus. Dis, vieillard, est-ce toi?

Au blond soleil de mai, tu souris, tu rayonnes,
Et les petits enfants te tressent des couronnes,
Et tes rides s'en vont sous leurs doigts frais et purs :
Tels, au lever du jour, les nuages obscurs.
L'herbe de nos bosquets s'étoile d'anémones :
La renoncule d'or pousse au pied des vieux murs.

Mon cœur vibre d'amour à ce réveil immense :
Tout se meut, tout bruit, tout chante... Le Silence
S'envole, effarouché par tant de gais concerts,
Vers les pôles glacés ou les brûlants déserts...
De l'Aurore au Couchant l'Hymne à Dieu recommence,
Car, c'est une hymne à Dieu, que chante l'Univers.

Pour Lui, le vent frémit, discret, dans le feuillage,
La mer brise en grondant ses vagues sur la plage,
La fontaine gazouille en courant sous les bois,
Et les mondes, suivant d'harmonieuses lois,
Chantent l'hymne infini de l'azur sans nuage :
Harpes, que Dieu seul fait résonner sous ses doigts.

Et, près de nous, bouvreuils, geais, pinsons, alouettes
Reprennent à l'envi leurs vieilles chansonnettes.
Dès l'aube, on les entend concerter sans orgueil,
Et la brume retrouve, autour du même breuil,
Les volages linots et les bergeronnettes
Qui se disent bonsoir avant de fermer l'œil.

Puis, la Nuit vient, la Nuit calme et mystérieuse :
Effaçant du soleil la clarté radieuse,
Elle étend dans les cieux, tout empourprés encor,
Son grand manteau d'azur, semé de perles d'or.
Mais, la Nuit a son chantre aussi... Sur une yeuse,
Le rossignol lui dit son refrain, quand tout dort.

L'homme seul est muet dans l'immense nature.
— L'orgue aux milliers de voix pleure, mugit, murmure
Tour à tour anxieux, grave, noble, touchant
Et l'homme n'est pas là pour conduire le chant !
Où donc est-il ? — O Dieu, l'homme, ta créature,
Refuse d'obéir à ton ordre ! — Et pourtant,

Quand ta main eut jeté la terre au sein des ondes,
Tu nous as mis au point de contact de deux mondes;
Tu nous as, nous pétris de flamme et de limon,
Sacrés Pontifes Rois de la création !
Est-ce à nous de heurter tes volontés profondes ?
Est-ce à nous de forfaire à notre mission ?

Quoi ! la foudre obéit ! La blanche zibeline
Parle aux frimas du Nord de ta Beauté divine;
L'insecte dit ton nom à l'herbe du sentier ;
Le dauphin à la mer, ta grandeur; l'aigle altier
Va raconter ta gloire au cèdre qui s'incline,
Et l'homme en te servant croirait s'humilier !...

Mais nous, qui dès l'aurore, à genoux sur la pierre,
Ecoutons sa parole et voyons sa lumière,
Serons-nous comme ceux que le vice aveugla?
N'aurons-nous pas un chant? pas un *alleluia?*
Non! Ma lyre en mes mains frissonne... Viens, mon frère,
Viens chanter Dieu! Ce Dieu nous a faits pour cela.

Que son nom redoutable, en nos vers retentisse!
Chantons sa Majesté, sa Force, sa Justice,
Les dons qu'il verse à flots dans l'espace étonné.
Laissons passer l'orage et rugir le damné.
S'il est encor trop tôt pour nous d'entrer en lice,
Chantons, en attendant que notre heure ait sonné.

Alors, vaillants soldats d'une cause sublime,
Prompts comme un trait qui part, volons droit sur le
Armés de notre lyre et du glaive qui luit. [crime,
Dieu verra la bataille, et — quel qu'en soit le fruit,
Adorant ses desseins, du fond de notre abîme,
Mourons du moins, chantant et combattant pour Lui!

1887.

A M. l'abbé Louis Guibert,

Curé de Criquebeuf-sur-Seine.

LA FÊTE-DIEU

C'est le Seigneur, le Seigneur Dieu.
(*Victor Hugo*).

Sublime profondeur! Adorable mystère!
Le Tout-Puissant s'anéantit!
Il ne lui suffit pas d'être venu sur terre :
Il veut se faire plus petit
Encore... et dérobant sa majesté suprême
Sous le voile du Sacrement,
Il se laisse porter par la faiblesse même,
Lui qui porte le firmament!

Il se laisse porter comme un agneau timide
Entre les bras de son Pasteur;
Comme l'Enfant du Roi que porte, l'œil humide,
L'air joyeux... un vieux serviteur.
Il se laisse placer à l'ombre du grand arbre,
A l'ombre du palais géant,
Sur les thabors dorés, sur les autels de marbre,
Sur les blondes têtes d'enfant!

Est-ce donc là ce Dieu, dont les mains redoutables
Ont jadis foudroyé Babel;
Qui marche, environné des anges formidables
Que contemplait Ezéchiel?
Oui, c'est le Tout-Puissant, l'Immuable, l'Immense;
Oui, c'est toujours le même Dieu.
Mais, il n'a plus pour nous que tendresse et clémence,
Son trône est d'azur, non de feu.

Les encensoirs fumaient : la foule agenouillée
Aux alentours du reposoir,
S'inclinait comme un bois, dont la verte feuillée
S'incline sous le vent du soir.
Et le Pontife saint qui, d'une main tremblante,
Tenait l'auguste Roi des rois,
Traçait sur cette foule, à ses pieds, frémissante,
Un immense signe de croix.

[poitrines;
Les cœurs battaient bien fort, bien fort dans les
Bien des yeux se mouillaient de pleurs,
Et les Anges dont l'aile abrite nos collines
Offraient à Dieu des lys en fleurs...
Un enfant de six ans m'a raconté ces choses :
Tandis que sa mère priait,
Prosternée, — il voyait lui, l'ange aux lèvres roses,
Le bon Jésus qui souriait.

Il Le voyait bénir cet imposant cortège
De vieillards au front radieux,
Ces jeunes gens encor sur les bancs du collège,
Ces séminaristes pieux...
Puis, reprendre à pas lents, sa marche triomphale
Au milieu des hymnes d'amour,
Que Lui chantaient les fils de Saint-François-de-Sale,
Et ses lévites tour à tour...

Est-ce donc là ce Dieu dont les mains redoutables
Ont jadis foudroyé Babel?
Et qui marche escorté des anges formidables
Que contemplait Ezéchiel?
Oui, c'est le Tout-Puissant, l'Immuable, l'Immense;
Oui, c'est toujours le même Dieu.
Mais, son trône n'est plus qu'un trône de clémence :
Et pourtant... on l'aime si peu!

O Dieu! Nous qui suivons comme autrefois les Mages,
Votre étoile qui brille aux cieux,
Nous venons vous offrir nos plus humbles hommages,
Nos chants les plus mélodieux,
A vous les flots des mers, les fleurs de la prairie,
Les zéphyrs des bosquets moussus,
A vous seul, tous nos cœurs, par le cœur de Marie.
Aimable cœur du Roi Jésus!

Petit-Séminaire Saint-Aquilin, 5 juin 1888.

A M. E. ROYNET, PRÊTRE DE LA MISSION.

LES APPELS

Ainsi j'habitai Sion.
(Office de la Sainte Vierge).

Mon grand Dieu s'est assis à l'ombre de ma tente :
— « Cher enfant, m'a-t-il dit, à ma prière instante
« Abandonne ton cœur.
« Entre dès maintenant dans ma sainte phalange.
« Viens, et tu lutteras aux côtés de mon Ange,
« Et tu seras vainqueur.

« Tu fus marqué par moi-même avant que de naître :
« Viens, enfant ! Tu verras que je suis un bon Maître,
« Viens parmi mes élus ! »
— Et moi, je l'ai suivi, non sans un peu de crainte,
Et j'habite aujourd'hui Sion, la Cité sainte,
Votre ville, ô Jésus !

Je suis votre soldat, votre homme, votre chose :
Mon cœur veut être à vous comme au rosier la rose,
Comme l'écorce au bois.
Oui, je vous ai choisi, Seigneur, pour mon partage :
Oui, je vous ai choisi. Mon unique héritage,
C'est vous et votre Croix.

Fuis donc enfin, hideux démon, que je déteste.
Fuis avec les poisons, dont la douceur funeste
M'a trop longtemps séduit.
Les couronnes de fer, que tu m'as préparées,
Tes prisons de cristal et tes chaînes dorées,
Je les brise aujourd'hui.

Oh! ne comprends-tu pas qu'il est meilleur de vivre
Auprès de son Jésus, de l'aimer, de le suivre,
De lui parler tout bas,
Et que ta joie à toi, démon, est aussi fausse
Qu'une pelouse en fleurs au-dessus d'une fosse ?
Ne le comprends-tu pas ?

Et, si tu le comprends, pourquoi venir encore
Importuner mes yeux de ton bleu météore,
Fantôme décevant?
— Il m'entend, le cruel; mais, il reste. — Mon âme,
Sous ses halètements, tremble comme une flamme,
Sous le souffle du vent.....

1888.

A M. L'ABBÉ LÉON PHILIPPE,
Curé de Saint-Aubin d'Ecrosville.

EN MARCHE

Nous irons à la maison de Dieu.
(Office de la Sainte Vierge).

Ils allaient tous les deux, pleins d'une égale joie,
Et sans s'inquiéter des ronces du chemin
Que les anges du ciel écartaient de leur voie.
Ils allaient tous les deux, une croix à la main.

Tel, lorsque le soleil achevant sa carrière
Empourpre l'Occident des derniers feux du jour,
Le paysan regagne à grands pas sa chaumière,
Où l'attendent la Paix, le Bonheur et l'Amour.

. . . .

Ils allaient, quand du sein de la forêt sauvage,
Dont ils longeaient, depuis quelques instants, le bord,
Soudain sort une femme au radieux visage,
Au regard bienveillant, au manteau brillant d'or :

— « Où vous égarez-vous, jeunesse trop crédule,
« Leur dit-elle? Vos pieds sont déjà tout meurtris.
» Votre gorge est aride et votre tête brûle :
« Craignez-vous donc l'ombrage et les sentiers fleuris?

« Se peut-il que pour nous Dieu jamais ne s'émeuve?
« Mais, serait-ce justice? Il permet au ruisseau
« De suivre son penchant naturel vers le fleuve :
« Il laisse en liberté jusqu'au moindre arbrisseau.

« Venez donc avec moi. Dépouillez ce faux zèle.
« Mes enfants, à l'envi, vous combleront d'amour,
« Comme on en comble, après une absence mortelle,
« Des frères qu'on croyait disparus sans retour.

« Vous êtes fatigués? J'ai des lits d'herbe sèche.
« Vous avez soif? Tout près, par un bienfait du ciel,
« Il jaillit des rochers une eau limpide et fraîche.
« Vous avez faim? Venez : il y coule du miel. »

Sa voix était si douce et son air si candide,
Qu'ils allaient oublier l'appel de Jéhovah,
Et qu'un moment plus tard ils la prenaient pour guide;
Mais, un regard jeté sur leur croix les sauva.

Ils comprirent alors la douceur hypocrite
De cette femme, au cœur aussi faux que les yeux.
Ils virent que nos pleurs font tout notre mérite
Et que seuls les chemins montants mènent aux cieux.

— « Femme, lui dirent-ils, retournez à vos fêtes.
« Vos propos enchanteurs ne nous ont point déçus.
« Nous ne jalousons pas les heureux que vous faites :
« Ils sont trop malheureux d'être loin de Jésus! »

La femme, à ce discours, tressaillant de colère,
Sembla se transformer en un monstre hideux.
Elle darda sur eux un regard de vipère
Et leur jeta ces mots, avec un rire affreux :

« Malheur à vous! je suis la Reine de ce monde!
« L'un et l'autre sera persécuté, maudit.
« Entendez-vous au loin? l'orage déjà gronde :
« Ses foudres sont pour vous. » Elle s'évanouit.

Pour braver sans effroi ces présages sinistres,
Les deux amis s'étaient raffermis dans le bien :
« Du Seigneur tout-puissant nous serons les ministres,
« Se dirent-ils : prions, marchons, ne craignons rien.

« Vienne, vienne le jour où le Dieu de notre âme
« Dans nos indignes mains pour nous s'incarnera,
« Où son Cœur de nos cœurs entretiendra la flamme,
« Où notre corps lui-même au sien se confondra,

« Et nous affronterons la prison la plus noire,
« Les plus cruels tourments, la mort et son horreur,
« Glorieux, — car, souffrir pour Lui, c'est une gloire,
« Bienheureux,— car, mourir pour Lui, c'est un bonheur!

« Oh! quand le verrons-nous? Quand pourrons-nous l'entendre,
« Quand pourrons-nous lui dire en pleurant notre amour,
« A ce Maître si bon, à cet Ami si tendre,
« A Jésus,... le lui dire,... et cela chaque jour,

« — Ainsi que les oiseaux, à la voix fraîche et pure,
« Chaque jour, dès que l'aube a brillé sur les bois,
« Chantent la bienvenue à la belle nature,
« Comme s'ils la voyaient pour la première fois! »

. . . .

... Les coudes appuyés au bord de ma fenêtre,
Je méditais ainsi, l'autre soir, à genoux
Et je vis le premier devenir diacre... prêtre,
Puis, le second le suivre... Hélas! si c'était nous!

1888.

A M. L'ABBÉ ALBERT DUVAL,
Doyen d'Etrépagny.

STABAT MATER

Stabat Mater speciosa.
Bx JACOPONE, O. S. F.

Marie était debout et regardait, muette,
A la pâle lueur d'un flambeau qui fumait,
Le cher Enfant Jésus qui, doucement, dormait,
Sur la paille de sa couchette.

Et voici que du Ciel les Anges descendus
Changent la nuit en jour sur la sainte colline
Et que leur Majesté radieuse s'incline
Jusqu'à terre, — aux pieds de Jésus.

Puis comme pour bercer sur des flots d'harmonies
La nacelle d'amour où dort le Nouveau-né,
Voici qu'un chant s'élève, ondulant, sillonné
De variantes infinies.

Mais, la Vierge toujours debout près du berceau
Ne sent, ne voit, n'entend que Jésus qui repose
Tel un beau lis penché sur un bouton de rose
Au bord d'un limpide ruisseau!

— « Oh! qui l'eût dit jamais qu'une pauvre inconnue
« Et qui n'aimait rien tant que son obscurité
« Attirerait les yeux de la Divinité
« Et, de sa grâce prévenue,

« Après avoir donné le jour à l'Eternel,
« Avoir nourri Celui qui fait vivre le monde,
« Tout à coup dépouillant sa misère profonde
« Deviendrait la Reine du Ciel!

« O Jésus de mon cœur, je t'adore, je t'aime.
« Comme un brouillard se perd dans l'immense horizon,
« Ainsi mon âme en toi se perd, et ma Raison
« S'abime en ta Raison suprême! »

Elle priait ainsi quand l'Enfant s'éveilla,
Ouvrit ses petits bras et se mit à sourire,
Et la Vierge sentant ce qu'Il voulait lui dire
Sur son visage se plia.

Elle baisa ce front plus blanc que l'aubépine,
Ces lèvres d'où devait jaillir la Loi d'amour,
Et ces mains, qui devaient la couronner un jour.
Son cœur brûlait dans sa poitrine.

Et Jésus, à son tour, embrassait tendrement
Cette Virginité dont Il a voulu naître
Et lui disait tout bas quelque chose... peut-être
Un *Ave Maria* charmant.

O tendresses d'un Dieu! N'est-ce pas, Bonne Mère,
Vous vous croyiez ravie au séjour des Elus?
Vous ne vous trompiez pas : Le Ciel, avec Jésus,
Etait descendu sur la terre.

1889.

SAINTE VIERGE

Sainte Vierge, aimable Patronne
Des poètes et des guerriers,
Je me prosterne au pied du trône
Où doucement vous souriez.

Hélas! l'ennemi m'environne,
M'accable de dards meurtriers,
Il veut me ravir la couronne
Dont ne fanent pas les lauriers.

Mais, si rudement qu'il m'assaille,
O Vierge! dans cette bataille
Par vous, je serai triomphant :

Car, on est fort lorsqu'on vous prie :
N'avez-vous pas Dieu pour Enfant?
Ne vous nommez-vous pas Marie?

1889-1912.

III

ÉPREUVES

Per angusta ad augusta.
V. H.

A M. le chanoine H. Tannery,
alors Curé du Fidelaire.

LE POÈME DE DIEU

Ce poème de Dieu qui vaut mieux que les miens.

Victor Hugo.

Quand viendras-tu t'asseoir sous le chêne feuillu
Dont l'automne rougit la cime
Pour relire avec moi le poème sublime
Que nous avons déjà tant lu...

Le poème vivant, — d'amour et de pensée,
Dont tous les vers ont une voix,
Le poème vivant, — où brillent à la fois
Les étoiles et la rosée,

Le poème vivant tout imprégné de Dieu,
Et tout parfumé d'espérance
Où le cœur, vers le ciel, sur les strophes s'élance,
Comme sur des ailes de feu !

Que nous étions heureux, autrefois de le lire,
L'un près de l'autre, recueillis.
A travers les blés mûrs ou sous les verts taillis
Vibraient notre âme et notre lyre.

Hélas! ce temps n'est plus! ma lyre tristement
Près du foyer éteint sommeille :
Mon âme, défaillant sous le poids de la veille,
Tombe et se fane lentement.

Oh! quand pourrais-je aller vers vous, ô Notre Père,
Comme tant d'êtres bien aimés!
De la prison d'argile, où vous me renfermez,
Quand secouerai-je la poussière?

Alors l'humble reflet fera place au rayon,
L'écho lointain à l'harmonie,
Le rêve de bonheur à la joie infinie,
L'amour à l'adoration!

15 novembre 1894.

LA VOIE TÉNÉBREUSE

La route s'allonge, infinie...
De tous côtés l'horizon fuit...
Le premier instant de ma vie,
Le dernier de mon agonie
Se perdent dans la même nuit.

Pourquoi chantez-vous dans les plaines,
Au milieu des brumes du soir,
Petits oiseaux, douces sirènes?
Est-ce pour consoler mes peines?
Est-ce pour narguer mon espoir?

Après l'ombre, le grand silence.
Le hibou qui chantait encor
Se recueille aussi... puis s'élance,
Comme un crêpe qui se balance
Au sombre étendard de la mort!

Maintenant, la nuit me recouvre.
Je marche comme un insensé.

Mon regard troublé me découvre
Une double tombe qui s'ouvre
Béante dans chaque fossé.

Et soudain voici que la bise
S'acharne âprement contre moi.
Va-t-elle, parmi l'herbe grise,
Comme une feuille qu'on méprise,
Me jeter tout transi de froid?

Aurais-je fini ma journée?
Mais, que vois-je? Une étoile aux cieux?
Ah! j'oubliais ma destinée!
Une étoile nous est donnée.
Levons les yeux! Levons les yeux!

Route de Fleury, 28 février 1898.

ENFANTS PERDUS

(A propos d'une anecdote de la jeunesse de Marmontel).

Ce sont là de tes coups, Muse fallacieuse,
Et qui pourtant parais si simple! — Que de fois,
Comme le voyageur égaré dans les bois,
De buissons en buissons, et d'yeuse en yeuse,
N'avons-nous pas suivi ta voix
Dans sa route mélodieuse;
N'avons-nous pas senti ton écharpe soyeuse
Frissonner sous nos doigts!

Nous ne pensions alors qu'à te suivre, et nous taire,
A te suivre partout, à nous taire toujours,
Satisfaits d'égrener notre âme avec nos jours,
Dans l'éblouissement de ta splendeur austère :
Ah! nous comptions sans les détours
De ta course au sein du mystère,
Et nous ne songions pas que des corps faits de terre
Sont encombrants et lourds!

Et voilà comme, encore enfants, oiseaux sans ailes,
Pour être allés troubler la paix de tes bosquets,
Pour être allés sentir l'odeur de tes muguets,
Pour être allés ouïr ta voix de Philomèle,
Tu nous as, rêveurs, inquiets,
Imprudents, — ô pâle Immortelle,
— Bien loin de la maison de chaume paternelle
Perdus dans les forêts !

1899.

JARDIN DÉVASTÉ

J'ai conçu pour la vie un douloureux dédain,
Des sentiments presque sauvages,
Depuis que l'aquilon a porté ses ravages
Dans les rosiers de mon jardin.

J'aimais à reposer à l'ombre de mes roses,
A respirer leur doux parfum :
L'Avenir près d'éclore et le Passé défunt :
Qu'était-ce que ces noms moroses?

Aujourd'hui, je le sais ce qu'ils sont, et mon sang
S'épuise au souffle de leur flamme.
Ils sont crainte et regrets : Ils ont pris dans mon âme
La place vide du Présent.

Commes elles se courbaient en gracieuses voûtes
Au dessus des sentiers en fleurs,
Et comme elles savaient marier leurs couleurs
Et se montrer à la fois toutes !

L'une était argentée avec des reflets d'or,
 L'autre d'une blancheur d'albâtre,
Une autre rougissait comme le feu dans l'âtre,
 A l'heure où la cendre l'endort.

Les voilà maintenant sur l'herbe amoncelées
 Lèvre muette et teint pâli.
Déjà comme un linceul, la mousse de l'oubli
 Les a plus qu'a demi voilées...

. . . .

Que n'ai-je ta froideur, vieux château de Bailleul *
 Toi, qui sans sourciller — regardes
Tes murailles s'ouvrir, ton bois aimé des bardes,
 Succomber tilleul par tilleul.

1896.

* Le château de Bailleul, dans la plaine de Saint-André, avait un parc admirable. L'acquéreur, un charcutier, en a fait abattre la ceinture de tilleuls. — Cette strophe a été composée devant cette dévastation.

A M. l'abbé Frédéric Goubert,
Curé de Venables.

NOCTURNE

La Lune, qui tantôt de son arc, autour d'elle,
Lançait à chaque étoile une vive étincelle,
Sinon pour l'éclipser, du moins pour l'éblouir,
— Puis (comme le chasseur qui n'en peut plus jouir
Accroche son fusil au-dessus de son âtre),
Ornait de son croissant un nuaget noirâtre,
— S'endeuillant maintenant de brumes à foison,
Descend à pas comptés derrière l'horizon.

On ne distingue plus le fantôme de l'être.

Alors, les boutons d'or du ciel de reparaître :
Car, le Seigneur a mis partout des boutons d'or,
Dans les plaines du ciel à l'heure où tout s'endort
Comme dans nos guérêts à l'heure où tout s'éveille.
Ceux du ciel brillent plus : mais, ce n'est pas merveille
Dieu voulant attirer nos yeux vers les hauteurs.
Ainsi, l'azur du ciel a des tons plus flatteurs
Que les plus verdoyants horizons de la terre :
Le vert, comme le bleu, disent à l'homme : *Espère !*
Et Dieu seul sait combien il les a prodigués !
Mais, lorsque vient la nuit, que nos pieds fatigués

Aux bornes du chemin heurtent comme une houe
Et, près du gazon même, enfoncent dans la boue,
La verdure terrestre a perdu sa vertu :
Il faut, il faut le Ciel au courage abattu.

Regarde donc le Ciel en disant ton Rosaire,
Toi qui sais qu'après tout Dieu seul est nécessaire :
Les Archanges, là haut, le disent avec toi.
Vois les astres glisser lentement sous leur doigt.

Toi, qui n'offres à Dieu que de faibles louanges,
Que dis-tu de ce chant grandiose des Anges ?

Toi, dont l'encens déborde à peine l'encensoir,
De ce flot de vapeurs odorantes du soir ?

Toi, dont parfois la lampe à la nuit prend ses voiles,
De ces mille et milliers de lampes, les étoiles ?

Tu te plains de voir tant de rosiers dégarnis :
Compte-les, si tu peux, les fleurs du Paradis.
Dieu les pouvait cueillir, qui les avait semées,
Et n'étaient-elles pas pour toi trop embaumées ?

1902.

A M. G. AYBRAM, PRÊTRE DE LA MISSION
Ancien Supérieur du Petit Séminaire Saint-Aquilin.

LA TENTATION

Le Souvenir d'un homme de bien
fait du bien.
(SÉNÈQUE).

— « Le soleil verse à grands flots sa lumière :
« *Il n'y a plus d'ombre dans nos sillons.*
« Reverrons-nous les timides rayons
« De l'aurore première?

« *Il n'y a plus d'ombre dans nos sillons*
« *Et sur le fleuve, il n'y a plus de ride :*
« Reverrons-nous le fleuve au cours rapide
« Rouler en tourbillons?

« *Et sur le fleuve il n'y a plus de ride.....*
« *Seul, un oiseau chantait encor là bas.*
« Effarouché par le bruit de mes pas
« Sur le chemin aride,

« — *Seul, un oiseau chantait encor là bas,* —
« *Il a cessé de chanter l'Espérance*
« Mon cœur succombe à sa longue souffrance :
« Il ne murmure pas :

« *Il a cessé de chanter l'Espérance.* »

*
* *

Le pauvre Barde allait, le front baissé.
Sans défiance au noir démon du doute
(Car, le démon pour nous surprendre en route
Hante les ronces du fossé ;)

Sans défiance, au noir démon du doute
Il se laissait envahir tout le cœur...
Le noir démon va-t-il être vainqueur?
O Dieu! Mon âme le redoute!

Il se laissait envahir tout le cœur :
— « *Je sens, dit-il, qu'un dieu nouveau m'inspire!* »
L'Ange du mal eut un affreux sourire,
Un sourire amer et moqueur.

— « *Je sens, dit-il, qu'un dieu nouveau m'inspire!* »
« *A quel bonheur étrange il me conduit.*
— « Je suis Satan, je suis l'éclair qui luit!
« Viens! que je t'apprenne à maudire..... »

— « *A quel bonheur étrange il me conduit!* »

.˙.

Oui! Pauvre Barde, à quel bonheur étrange!
A ce moment, une voix s'éleva :
C'était la voix forte de Jéhovah
Lorsqu'il parcourt la terre avec son Ange.

A ce moment, une voix s'éleva,
Le noir démon disparut dans l'espace,
L'homme frémit et se voilant la face
A deux genoux sur la terre il tomba.

Le noir démon disparut dans l'espace.
Dans la forêt l'oiseau reprit son chant :
Au cœur du Barde, un souvenir touchant
Se réveilla : Tout renaît quand Dieu passe.

Dans la forêt, l'oiseau reprit son chant.
L'homme attendri se leva, pâle encore
Et sur son luth, redit l'hymne sonore
Qu'à son vieux maître il disait tout enfant!

L'homme attendri se leva, pâle encore.

1895.

A M. LE CHANOINE BOURGEOIS,
Archiprêtre de Pont-Audemer.

BRIN DE BLÉ

Tandis que la forêt grisonne,
Que la Terre grise verdit,
Que l'orme s'agite et résonne
Comme un squelette du maudit,

Du sol glacé qui l'emprisonne,
Brin de blé sort, agaillardi,
Et sa tête rose frissonne
Comme la harpe de Verdi.

Oh! combien je te porte envie,
Brin de blé, renouveau de vie,
Eclos sur le sein de la mort!

Qu'elle est sublime, ta science
De tout souffrir en patience
Pour préparer la moisson d'or!

Verclives, 18 octobre 1899.

A M. LE CHANOINE FRÉMONT,
Archiprêtre des Andelys.

RUISSEAU DE PAIX

De Dieu à Dieu !

Humble Ruisseau de paix, pardonne !
Mais, je veux qu'aujourd'hui, sous mes doigts inspirés,
A ton nom, ma harpe résonne
Comme au nom des fleuves sacrés !

Combien de fois, près de ta source,
Mon âme a ralenti sa course,
Là, dessous cette ormaie, arrondie en berceau,
Où tu perles, simple et tranquille,
Comme perle au printemps dans un sillon d'argile.
Un mystérieux filet d'eau !

Combien de fois, libre du monde,
Je me suis penché sur ton onde,
Pour écouter les mots que tu disais tout bas,
Pour m'unir à ta rêverie,
Pour boire avec amour, à ta coupe fleurie,
Le calme et l'oubli des combats !

Humble Ruisseau de paix, pardonne !
Mais je veux qu'aujourd'hui, sous mes doigts inspirés,
A ton nom, ma harpe résonne,
Comme au nom des fleuves sacrés !

Ruisseau charmant, qui m'accompagnes,
Les habitants de nos campagnes
Eussent creusé des puits d'or pour te les offrir.
Le Ciel sur eux versa tes ondes...
Et voilà que tu fuis de leurs plaines fécondes
A l'heure où le blé va mûrir !

Ignores-tu ce que tu laisses?
As-tu reflété les richesses
Des chariots courbés sous le faix des moissons?
As-tu quelquefois de ta rive
Entendu les faucheurs, la voix sonore et vive,
S'entre-renvoyer leurs chansons?...

Ruisseau de paix, Ruisseau de joie,
Tu cours docile, où Dieu t'envoie,
Et ceux, qui tristement longent les grands chemins,
A ton doux murmure s'apaisent :
Ils baignent dans tes eaux limpides qui les baisent,
La sueur âcre de leurs mains *.

Puis, tu scintilles sous les flottes
Que des troupes de blonds pilotes
Mènent avec le doigt sur ton cours triomphant,
Puis, tu glisses sous les bruyères,
Puis, tu parais soudain au seuil des lavandières,
Qui t'accueillent comme un enfant.

Grâce à toi, le moulin s'anime
De la base jusqu'à la cime :
On entend le refrain sans souci du meunier,
Et la farine bise ou blanche,
Toute tremblante encor, de la meule s'épanche,
Comme toi, ruisseau printanier.

Mais déjà, sans reprendre haleine,
Te voici dans la Madeleine
Parmi les artisans, au cœur loyal et bon,
Ils méritaient bien ta caresse,
Ruisselet ! — Reste ici plus longtemps ! Qui te presse
De te jeter dans le Gambon ? "

— Le Gambon ? Que dis-tu, poète ?
Es-tu certain que je m'y jette ?
Regarde moi sourire en te disant adieu.
Non, je précipite ma marche,
Pour, là-bas, m'écrouler en perles sous une arche
D'où je rejaillirai vers Dieu !

Humble Ruisseau de paix, pardonne !
Mais je veux qu'aujourd'hui, sous mes doigts inspirés,
A ton nom ma harpe résonne,
Comme au nom des fleuves sacrés.

L'orgueilleux torrent qu'on redoute
Est plus vanté que toi sans doute.
De ses gouffres, rochers abrupts et bois épais,
Il n'accepte pas qu'on l'exile :
Tu te laisses guider, toi, pour te rendre utile.
On t'appelle Ruisseau de paix.

Continue, ô Ruisseau ! Serpente,
Sans t'inquiéter de la pente,
Tout le long du chemin, sur les flancs du côteau !
Avec le poète babille,
Cependant que la mousse et l'herbe et la charmille
T'enveloppent de leur manteau.

16 août 1897.

Mis en musique par M. le chanoine Cresté.

* *Le Ruisseau de Paix* court le long de la route d'Ecouis aux Andelys, dans un petit canal de briques, qui date de plusieurs siècles.

** *Le Gambon*, la rivière qui traverse les Andelys.

ANNIVERSAIRE

A mes frères
et à ma sœur.

Où donc s'envolait ma pensée?
Ne croyais-je pas que maman
Nous serait à jamais laissée
De ce côté du firmament?

Et, l'ayant à peine embrassée,
Je m'en retournais vivement
A quelque tâche commencée,
A quelque vain délassement.

O ma chère maman Mélie,
Pardonne-moi cette folie,
Je la reparerai là-haut

Quand Dieu m'accordera la grâce
Que je t'aime et que je t'embrasse,
Une bonne fois, comme il faut.

Décembre 1901.

QUE SAIS-JE?

Pauca meæ.

Quand sera-t-il temps que je meure?
Je ne sais pas, je ne sais pas :
Peut-être que déjà m'effleure
L'invisible faulx du trépas.

Je ne sais ni le jour, ni l'heure,
Ni, — lorsqu'on entendra le glas
Me plaindre de sa voix qui pleure, —
Où l'on posera mon corps las.

Je ne sais pas si ma pauvre âme,
Pour voler par delà la flamme,
Jouira d'assez de vigueur...

Je veux l'espérer, mais ne l'ose...
Si, pourtant, je sais une chose :
Que ce Cimetière a mon cœur.

Au Cimetière d'Écouis, 11 juillet 1912.

IV

JOIES

Tempus flendi
Et tempus ridendi.
Eccl. III, 4.

A M. l'abbé C. Canu,

Curé de Saint-Aubin-sur-Gaillon.

SAINT-AUBIN-SUR-GAILLON

Salut, côteau fleuri qu'une eau limpide arrose,
Salut verdoyant Saint-Aubin!
Comme un géant qui tombe assoupi près d'un nain,
Gaillon à tes pieds se repose.

Il se repose! Il est bien las en vérité.
Au temps de son adolescence,
Il goûtait, près de toi, dans la même innocence,
La même calme obscurité.

Les mêmes fleurs naissaient au gazon de ses friches,
Les mêmes oiseaux dans ses nids;
Les feux du soir donnaient des charmes infinis
Aux mêmes chaumières peu riches.

Et tous deux, unissant dans un cœur fraternel,
Les vagues soupirs de la terre,
Vous les faisiez monter, par les champs du mystère,
Jusqu'au trône de l'Eternel.

Hélas! un jour l'orgueil lui vint d'être une ville.
Dieu l'exauça, pour le punir :
Il ne lui reste plus qu'un amer souvenir
De sa vie heureuse et tranquille.

La foule des plaisirs, des crimes, des douleurs
A ses flancs poudreux tourbillonne.
Le palais Cardinal, qui sur son front rayonne,
Est une ruche de voleurs *.

Au lieu du cliquetis argentin des charrues
Qui le réjouissait jadis,
Un grondement de voix et de chars alourdis
Tout le jour, ébranle ses rues.

Et lorsque vient la nuit, l'heure des doux repos
Et des plus douces rêveries,
Lorsque sur la verdure éteinte des prairies
Disparaît l'ombre des troupeaux,

Lorsque la Seine, en les berçant, endort ses ondes,
Que sur les champs silencieux,
Sur les champs recueillis semble tomber des cieux
Toute l'immensité des mondes,

Au lieu de s'enivrer d'extase, comme toi,
Il ferme ses fauves prunelles...
Pauvre Gaillon, vingt fois le cri des sentinelles
Le réveille en sursauts d'effroi!

Ah! ne sois pas jaloux d'un sort si misérable,
Mon charmant village embaumé :
Regrette-t-on l'hiver quand les zéphyrs de mai
Bruissent dans les bois d'érable?

Livre, livre ton cœur aux plaisirs innocents :
Tes cheveux flottent dans la brise.
Enfant de chœur de Dieu, que le soleil irise,
Balance l'urne de l'encens.

1897.

* Le château de Gaillon, construit par le Cardinal Georges d'Amboise, sert de maison pour les détenus.

DEUX RUINES

Ici, la Vaillance guerrière,
Qui frappait de taille et d'estoc :
Là bas, dans la verte clairière,
Le Travail qui poussait le soc.

Ici, la tour massive et fière,
Nid d'aigle posé sur le roc :
Là-bas, la maison de prière
Des bénédictins au long froc.

Toutes les deux sont en ruines :
Mais, le noir château des collines
Garde une apparence de mort,

Tandis que la vieille abbaye,
Comme une sainte qui s'endort,
Paraît seulement recueillie.

1895, Château Gaillard et Mortemer.

PAQUERETTES

Vite, vite, mes Pâquerettes !
L'Hiver se meurt, l'Hiver est mort !
Les paresseuses que vous êtes !
Comment ! vous sommeillez encor !

Vite ! sortez de vos retraites !
Vite ! Epinglez des perles d'or
A l'argent de vos collerettes,
Venez entendre un doux accord :

C'est la voix des premières pousses,
Le chant des zéphyrs et des mousses
Et des brins de blé tremblotants.

C'est la suave mélodie,
Que soulève le gai printemps,
A son entrée en Normandie.

1894.

COU-COU !

A Charles H.

Capricieux et débonnaire,
Le Printemps, à son ordinaire
S'annonce en roulant son tonnerre :
Cou-cou !

Mais, peut-on craindre une colère
Qui ne sait pas même déplaire,
Et qu'un simple sourire éclaire?
Cou-cou !

Aussi le chantre populaire
Du bois de chênes séculaire
Le cajole de sa voix claire :
Cou-cou !

Tandis que la fleur printanière,
Pour le fêter à sa manière,
Arbore sa jaune bannière
Cou-cou !

Et l'enfant, jouant au mystère,
— Mais, non pas assez pour se taire, —
Dans un pli de gazon se terre
Cou-cou!

Et nous redit sans commentaire,
D'un ton qu'il cherche à rendre austère,
Le chant de l'oiseau solitaire :
Cou-cou!

Amfreville-sous-les-Monts, 19 avril 1900.

LIS ET LISERON

ÉPITHALAME

[nées,
C'étaient deux fleurs des champs. Quand elles furent
L'une aux souffles du Nord, l'autre aux feux du Midi,
Une Voix s'éleva dans les hauteurs — et dit :
Un jour, un même nœud joindra leurs destinées.

C'est fait. — Le liseron, qui poussait dans les blés,
A leur tige dorée enroulant sa corolle,
Et le lys au cœur pur, d'où le parfum s'envole,
Dans un même bouquet Dieu les a rassemblés.

Chères et belles fleurs, soyez toujours bénies,
Et pour l'être toujours, dans le calme des soirs,
Inclinez vos deux cœurs, comme deux encensoirs,
Aux pieds du Seigneur Dieu, qui vous a réunies !

1897.

FLEURS D'ORANGER

Un Père à sa Fille.

Que laisses-tu, mon Angeline,
Beau nuage rose et léger
Que tout à l'heure la colline
    Va me cacher?
Un voile blanc de mousseline,
Un bouquet de fleurs d'oranger,
Qu'il suffirait de déranger
Pour en voir un autre d'épine...
Cela vaut-il que l'on s'incline
    Pour y toucher?

Va, ma fille, où va ta pensée!
Réside où réside ton cœur!
Sur terre, à la fleur épuisée,
    Un vent moqueur
Pense tenir lieu de rosée :
Il la fane dans la douleur.
Oh! que ton Jésus est meilleur!
Cours à lui, douce fiancée!
Reçois de sa main empressée
    Le ciel en fleur!

1897.

A M. l'abbé Emile Sannier,

Professeur au Collège.

UN DINER MOUVEMENTÉ

Dans le grand omnibus jaune et bandé de rouge,
Une dizaine étaient entrés, comme en un bouge,
Et s'étaient installés là, confortablement.
Les autres piétinaient le boueux élément,
Et tous mangeaient.

Parfois, un tumulte oratoire
Sortait de l'omnibus et demandait à boire.
Alors, je me levais de mon siège d'osier
Où reposait en paix l'espoir de maint gosier,
Et, l'espoir envolé, je refermais la cage.

Cependant, les clameurs, et tout ce caquetage
D'oiseaux, grands et petits, attirait le millet.
Que n'ai-je le ciseau vivant de Frémiet,
Pour sculpter autrement qu'en fragiles paroles
Ces vendeurs de nougats, de balles, de « nouroles »,
Ces marchandes sortant de la terre, soudain,
Pour nous offrir de la galette au lieu de pain :
Socialistes, va !

— Mesdames, leur criai-je,
Nous mangeons le dessert à la fin, au Collège.
Attendez pour venir, que nous ayons fini.
Je crois qu'un arrêté signé : *Susarini* *,

N'eût pas produit d'effet plus prompt. Moitié grondantes,
Trouvant peut-être aussi mes raisons convaincantes,
Ces dames, gentiment, se tinrent à l'écart,
Pendant tout le dîner, mettons une heure et quart.
Toutefois, leurs paniers pleins de pâtisseries
Etaient braqués sur nous comme des batteries
Et pour nous foudroyer n'attendaient qu'un signal.

O spectacle! ô moment héroïque, infernal!

Je fais signe. Aussitôt, la fatale cohorte,
Comme un cheval, longtemps attaché, qui s'emporte,
Assaille avec fureur les flancs de l'omnibus :
Elle sent que c'est là qu'on dîné nos Crésus.
— Voyez, Messieurs, voyez, dit une bonne femme,
Dont l'aspect et la voix sont à vous fendre l'âme,
Voyez!
Mais le panier, qu'elle cherche à pousser,
Trop large de deux doigts refuse d'avancer.
Derrière elle, debout, hautes comme deux gaules,
Deux marchandes lui font passer sur les épaules
Leurs paniers plus petits, — avec leur boniment.
Ainsi, dans les combats, un second régiment
Passe sur les tués de la première charge.
Mais, elle est vive encor la femme au panier large,
Et par des coups adroits de la tête ou du dos
Parvient à dégager l'abord de ses gâteaux.

— En voulez-vous, Messieurs ! — Des gâteaux de Savoie,
Des nougats, des éclairs ! – Laissez-moi donc, qu'on voie
Les miens ! — De la gui-gui, de la... — Laisse-moi donc !
— Ah ! ça mais ! n'ai-je pas le droit ? — Tais toi, bourdon !
— Madame ! — Choisissez, Messieurs : Qui veut des balles
Elastiques. — Messieurs ! — Tas de vieilles cymbales !
— C'est ce petit soleil ? — Non, celui-là. — Voici.
Dix centimes pour vous, Monsieur. — Merci. — Merci.
Qui veut des éclairs, des éclairs, des éclairs ? — Peste !
Deux sous, ces balles-là ! Bien ! j'y serais de reste !
— Tu me retrouveras ! – Je te retrouverai !

Vous vous retrouverez, Mesdames. Que c'est vrai !

Pendant ce temps, au sein de la grande voiture,
Les pauvres assiégés sont en déconfiture.
Lefay, Raulet, Longfier, accablés de nougats,
S'inclinent sous l'orage et ne résistent pas.
Un éclair atteint l'œil gauche de Lavallée,
Et dès lors, la suprême espérance en allée,
Le brave Eloi se rend à son tour.
Et Herpin
Reste seul invaincu, dernier tenant du pain.

A Bon-Secours, 1896.

* Commissaire de Bon-Secours, à l'époque.

LA CHANSON DES GROSEILLES

1. Les vergers sont pleins de groseilles.
Pressons le pas! Pressons le pas!
Remplissons vite nos corbeilles
Et nos paniers et nos cabas,
Et mêlez-vous à nos ébats,
Nos petites grappes vermeilles!

2. Andely nous vante ses treilles,
Où le raisin ne mûrit pas :
Nous n'en avons point de pareilles :
Les nôtres n'ont point d'échalas.
Mais qu'elles ont bien plus d'appâts
Nos petites grappes vermeilles!

3. On en fait des pendants d'oreilles
Aux rubis purs et délicats.
Mais, tout en étant des merveilles,
C'est sans faire aucun embarras
Qu'elles jettent leurs doux éclats
Nos petites grappes vermeilles.

4. En Juillet, du Havre à Marseilles,
Elles sont de tous les repas.
Près des œufs durs, garnis d'oseilles,
Des pains d'épice et des nougats,
Elles sourient aux petits gâs
Nos petites grappes vermeilles.

5. Quand le soir, à la fin des veilles
Le paysan se trouve las,
Votre jus coule des bouteilles :
C'est un vin dont il fait grand cas
Et qui vaut mieux que l'hypocras,
Nos petites grappes vermeilles.

6. Cachez-vous aux yeux des corneilles
Sous vos rameaux feuillus et bas;
Mettez en fuite les abeilles;
Egratignez au vif les rats.
Mais de grâce! épargnez nos bras,
Nos petites grappes vermeilles!

1904.

A M. LE CHANOINE CRESTÉ,
à l'occasion de ses Noces d'argent.

SALUT MILITAIRE

Vous avez été bon; vous l'êtes et je gage
Sur la foi de Monsieur le Chanoine Lucas *,
Que vous le deviendrez encore davantage,
Si la chose n'est pas impossible, en tous cas.

Votre bonté chantée en prose poétique,
Il ne me resterait dans ma naïveté,
Qu'à rimer au hasard un vers trop prosaïque,
(Car les vers, comme tout, dessèchent cet été),

Si je n'avais — qui fait encor vibrer ma lyre,
Comme un souffle brûlant d'orage sous les bois, —
Le souvenir du chant que je vous ouïs lire
L'autre jour, et l'écho vivant de votre voix.

Que vous avez bien dit l'âpre et rude souffrance
Dont les cœurs sont étreints en ces sinistres jours!
On croirait les uhlans qui reviennent en France
Pour y continuer leurs œuvres de vautours!

Que vous avez bien dit notre amour pour nos Frères [**],
Pour tous ceux qu'a touchés la malédiction.
Votre voix passera par dessus les frontières,
Monsieur le Supérieur, — et votre émotion.

Aussi bien, il n'est rien dans ce cri qui m'étonne,
Avant que d'être prêtre (et prêtre supérieur,)
On vous vit de Breteuil aux forêts de Brotonne,
Porter le chassepot en vaillant franc-tireur.

Aujourd'hui que la France est à nouveau meurtrie,
Qu'une noirceur de poudre obscurcit son ciel bleu,
Vive celui qui, pour l'honneur de la Patrie,
Reçut, avant vingt ans, le baptême de feu!

16 juillet 1904.

[*] Aujourd'hui Mgr Lucas, prédicateur de la solennité.

[**] Les Petits Frères de Marie, ou Frères Maristes, sous le directorat des Frères Ansbert et Vigilus, avaient infusé au Collège un renouveau de prospérité. Plusieurs d'entre eux étaient, à ce moment, exilés en Angleterre.

A M. le chanoine Goumaux,
Curé-Doyen d'Ecouis.

NOCES D'ARGENT

Les grandes voix autorisées
Qui nous ont émus ce matin,
L'une en français, l'autre en latin *
Ont si bien rendu nos pensées
Que je ne saurais décemment
Aventurer un compliment.

Mais, vous comprenez, un vicaire
Est toujours un peu réfractaire
Non pas certes, à son Doyen
(Il n'en aurait pas le moyen)
Non plus aux ordres du Saint-Père... **
A quoi donc? — Vous le verrez bien :
Aux raisons qu'il a de se taire.

Messieurs ***, désirez-vous savoir
Autrement que par l'Evangile,
Comment peut un homme fragile
S'astreindre aux règles du Devoir
Et, suivant l'ordre des Apôtres,
Y plier, après soi, les autres;
Comment il peut de la vertu,
Après s'être longtemps battu,
Atteindre les clartés suprêmes?...
Messieurs, regardez-vous vous-mêmes.

Mais, voulez-vous savoir comment
On agrée au Gouvernement
Tout en « illuminant » l'Eglise ****;
De quelle maîtresse façon
On se fait peintre, on s'improvise
Tour à tour sculpteur et maçon
Et comment, sans la moindre morgue,
Mais, avec beaucoup d'entregent,
On peut, à ses noces d'argent,
S'offrir le luxe d'un grand orgue?
Cela, — je ne le dirai pas
Ou je vous le dirai plus bas.

Toutefois, la médaille, hélas!
A son revers, je vous l'accorde.
Le grand « ogre », sans embarras,
Comme aussi sans miséricorde,
A mangé dans un seul repas
Nos gentils instruments à corde.
N'était cette fronde à mon bras,
Nous n'aurions plus de monocorde...

24 juin 1898.

* MM. les abbés Geslin et Cresté; — ** On parlait beaucoup, à cette époque, des réfractaires aux Directions de Léon XIII; — *** Les prêtres du cours de M. Goumaux, réunis au presbytère d'Ecouis; — **** Allusions aux travaux de M. Goumaux, dans ses diverses paroisses, et au plaisir qu'il prenait à jouer du monocorde.

A M. LE CHANOINE ODIEUVRE,
Ancien Supérieur du Collège d'Ecouis.

« POUR LA FRANCE ET POUR DIEU »

Ce mot d'ordre incarné, c'est le chanoine Odieuvre.
Aumônier militaire, en nos jours de malheur,
Il prit, à Moulineaux, sa part de la manœuvre
Et cueillit, sous le feu, la rose de l'honneur.

Et depuis, que de fois par la plume et par l'œuvre
Il conjura le mal au charme empoisonneur,
Il l'amputa de ses tentacules de pieuvre,
Il mena vaillamment les combats du Seigneur!

Un Collège chrétien est une citadelle :
Il en gouverna deux, le Chevalier fidèle,
Y formant des soldats « pour la France et pour Dieu ».

Qui le vit reculer devant un sacrifice?
Dans la cour, dans sa chambre, à l'étude, au saint Lieu,
Il se sentit toujours et partout — de service.

25 juillet 1912.

A SABINUS *

Quousque animam nostram tollis?
(Joan. X, 24).

Illustre rejeton de la Gaule latine,
Poète au cœur celtique, au vêtement romain,
Disciple de Virgile et fils de Lamartine,
Tityre modulant à l'abri d'un dolmen,
Pourquoi donc nous céler ton vrai nom, ô poète?
Pourquoi ne pas au moins nous le dire à demi?
Crois-tu te dérober à notre âme inquiète?
— Va, quel que soit ton nom, tu t'appelles AMI.

Sans doute, le poète *estime* le mystère...
Il ne... dédaigne pas non plus un doux éclat.
Comme le rossignol du bosquet solitaire,
Il cache tour à tour et fait voir qu'il est là.
Toi, l'on ne te voit pas; ton nom même, on l'ignore :
A le chercher déjà plus d'un front à blémi :
Ta vertu nous *afflige* autant qu'elle t'honore.
— Va, quel que soit ton nom, tu t'appelles AMI.

L'un dit : C'est vers Gisors qu'il a fixé sa tente,
C'est là que va s'offrir, à ses yeux éblouis,
« Par delà les flots d'or de la plaine » éclatante
« Le phare » géminé des clochers d'Ecouis.

— Non! dit un autre; c'est aux rives de l'Andelle
Non loin des Deux Amants qui gardent Romilly :
Il est discret comme eux; comme eux, il est fidèle.
— Va, quel que soit ton nom, tu t'appelles AMI.

Voyons! que peux tu craindre à te faire connaître?
Nos pompes, grâce à Dieu, n'ont rien d'officiel.
Nous te couronnerions d'une branche de hêtre.
Nous porterions ton nom avec nos vœux, au Ciel.
Tout le monde en serait aux anges! Car, j'atteste,
Malgré la longue épreuve où ton secret nous mit,
Qu'il serait *nôtre* aussi ton triomphe modeste :
— Va, quel que soit ton nom, tu t'appelles AMI.

Je sais qu'on est Français sans besoin d'oriflamme,
Que, sans voir le soleil, ont peut jouir du jour,
Que, sans voir le foyer, on peut sentir la flamme,
Et que, sans voir le cœur, on peut goûter l'amour.
Et pourtant, sans soleil, on trouve le jour blême,
On veut un étendard qui chante ou qui gémit,
Et quand on aime, on aime à savoir qui l'on aime.
— Va, quel que soit ton nom, tu t'appelles AMI.

3 juillet 1902.

* Pseudonyme, dont se couvrait un ancien élève du Collège, qui envoyait chaque année à la réunion des anciens une poésie toute lamartinienne. — Les *Pèlerinages* de Sabinus, auxquels pourraient se joindre d'autres poésies d'anciens élèves et celles de M. l'abbé Cresté formeraient aisément un nouveau Receuil d'*Escoviennes*.

A M. LE CHANOINE LECOQ,

Docteur en médecine et Curé de Guiseniers.

PRÊTRE ET DOCTEUR

Quand vous étudiiez la flore des lupus,
Des cancers, des tumeurs, des panaris, du pus,
— Végétation sombre et livide et difforme
Qui s'agglutine à nous, comme la mousse à l'orme,

Lorsque sous le scalpel et sous les doigts souvent,
Leur horrible corolle au pétale mouvant
Répandait à ruisseaux son plus hideux mystère

Et... mais, vous m'arrêtez, Messieurs, et je dois taire,
De peur de vous choquer par un pareil discours,
Ce qu'il ne craignait pas, lui, de voir tous les jours.

Et pourtant, tous les cœurs sont faits de même argile,
Emotionnable en tous, si dans tous fragile :
N'est-il pas vrai, Docteur, qu'en ces occasions,
Vous en avez ouï les palpitations
Plus brusques, — vous avez senti votre visage
Se perler de sueur plus qu'il n'était d'usage;
Vous avez dû tenir votre force à deux mains
Pour l'empêcher de fuir ces travaux plus qu'humains?

Ah! le prêtre était là plus que le docteur même,
Le prêtre qui peut tout parce que Jésus l'aime,
Le prêtre sous la main de qui rien ne périt,
Parce que, si le prêtre a pansé, Dieu guérit!

Le prêtre retenait le docteur à la peine,
Dans le corps de péché lui montrait l'âme humaine,
Dans l'âme un pur reflet de la face de Dieu :
Et qu'importe la cendre à qui cherche le feu!

Aussi, les souffreteux, en nombreuses cohortes,
Du matin jusqu'au soir envahissaient vos portes;
De votre cœur, l'espoir jaillissait dans le leur,
Et nul ne vous quittait, sinon mieux... et meilleur.

Aujourd'hui, vous tournant vers une autre souffrance,
Un autre chancre aussi qui dévore la France,
Le chancre de l'alcool, puisqu'il faut le nommer :
C'est bien, avez-vous dit, de nous en alarmer :
Faisons mieux. Liguons-nous contre cette avalanche
D'eau de mort et que Dieu guide l' « Etoile Blanche! * »

Oui, votre « Etoile Blanche », et bien nommée ainsi,
Docteur : car, tout et tous le proclament ici :
Cinquante ans de vertus, cinquante ans de science,
Cinquante ans d'énergique et longue patience,
Cinquante ans de bienfaits dont les fruits resteront,
C'est assez pour voir luire une étoile à son front!

Ainsi, prêtre et docteur, ainsi, docteur et prêtre,
Simple quoique savant, ne laissant apparaître
En vous, que la bonté dont Dieu vous a vêtu,
Aimant l'humanité d'un amour de vertu,
Calme et droit, au besoin sachant courber la tête,
Vous avez affronté la vie et sa tempête.
Vous n'en avez gardé que le bonheur de voir,
Par vos soins, la santé fleurir et le Devoir
A la Beauté du corps unir une âme nette!

. . . .

Quand nous étions petits, nous faisions la dinette
Autour d'un vieux géant des forêts, vigoureux,
Et nous l'enguirlandions et nous étions heureux :
Le chêne répétait nos chants dans son feuillage...
— Mais, sont-ce là vraiment souvenirs d'un autre âge?
— Non! nous redevenons enfants auprès de vous,
Docteur : votre grande ombre ici nous couvre tous,
Et votre voix se joint aux nôtres, débonnaire,
Pour chanter, elle aussi, votre cinquantenaire.....

D'autre part, ce festin qui nous a réunis
Vaut bien notre dînette avec ses œufs de nids.

Guiseniers, 1900.

* Société catholique de Tempérance, dont le Dr Lecoq fut le premier président. Pour tous renseignements s'adresser à M. le curé de la Neuve-Lyre, secrétaire de la Société.

Au Révérend Père Bailly,
des Augustins de l'Assomption.

HEUREUX PRÉSAGE

Ne vous effrayez pas, mon Père,
De ce qui doit vous réjouir.
Quand le brouillard tombe, on espère
Qu'il va bientôt s'évanouir;

Quand la trombe de neige passe
Epouvantant de ses clameurs
Les précipices et l'espace,
C'est qu'il fait beau sur les hauteurs;

Quand, derrière le bois qui bouge
Et gronde comme un mascaret,
Se dessine une bande rouge,
C'est que le soleil reparaît;

Et quand le frelon irascible
Impropre au travail sérieux
Prend notre main pour une cible
Et nous la pique de son mieux,

Nous savons que cette blessure
Est de celles que l'on guérit :
Nous savons de science sûre
Que le frelon sans dard périt.

Aussi bien, cet exil en masse
Qu'on brandit sur vous à présent
Et cette hideuse grimace
Que l'on fait en vous maudissant,

Et ces mensonges authentiques,
Mensonges de tout acabit
Dont nos modernes politiques
A la Chambre tiennent débit,

Et ces coups de force brutale,
Au panache d'égalité
Et ces prétoires où s'installe
Une douce férocité,

Mille fois, dès son plus jeune âge,
La sainte Eglise en a souffert :
Peut-on compter sur son visage
Les traces profondes du fer?

Or, tandis que son diacre Etienne
Mourait de la mort des héros,
Naissait à la grâce chrétienne
Saul de Tarse, l'un des bourreaux.

L'Eglise a vu ses saints, ses vierges,
Ses enfants, encore sans voix,
Tomber en lambeaux sous les verges
Ou brûler vivants à des croix,

Et les témoins de leur martyre,
Le cœur d'un saint transport saisi,
Se tourner vers César et dire :
Nous sommes chrétiens, nous aussi!

Elle a vu Néron, Marc Aurèle,
Trajan — huit autres empereurs
Et bandits — déchaîner contre elle
Leurs insatiables fureurs

Et la couvrir de leur risée
Et l'accuser impudemment
D'horreurs à donner la nausée
Dont ils faisaient leur élément,

Et prédire sa fin prochaine,
Et, se croyant sûrs du succès,
Graver sur le marbre et le chêne
L'acte public de son décès :

Pauvres nains! Leur poussière inerte
Git maintenant je ne sais où :
Et l'Eglise est toujours alerte
Et sa Croix est toujours debout.

Et vous, artisans de scandales,
Elle vous a vus, renégats,
Le matin, courir sur ses dalles
Et lui sourire en vos ébats,

A midi, manier ses armes
Sur le devant de sa maison,
Le soir, aller vendre ses larmes
Aux syndicats de trahison.

Mais, vos intrigues vexatoires
N'ont pas suspendu ses bienfaits;
Et le nombre de ses victoires
Atteint celui de vos forfaits.

Tel, le torrent poursuit sa course
Sans rien perdre de son élan :
La pierre qu'on jette à sa source
Y met à peine un flocon blanc.

Donc, mon Père, levons la tête,
Pleins d'espérance et de fierté :
Hâtons de nos vœux la tempête
D'où naîtra notre liberté !

Quant à la machine nouvelle
Qu'on arme aujourd'hui contre nous,
Je vous en prie, ayons pour elle
Plus de pitié que de courroux.

C'est un cheval de bois fantôme
Qui produit quelque effet la nuit,
Mais qui se fondra comme un gnôme,
Quand le prochain siècle aura lui.

Et ces mugissements terribles
Et ces voix qui semblent crier
Et ces crépitements de cribles
Où l'on criblerait de l'acier,

C'est l'effort stupide et suprême
D'un athlète épuisé de sang
Qui voudrait étouffer quand même
Le lion superbe et puissant;

C'est le râle de l'agonie,
Entrecoupé de cris d'effroi,
D'un vieillard qui toute sa vie
N'a connu que le désarroi.

C'est un siècle orgueilleux qui tombe
Non, sans peine, mais sans remords.
Laissons-le mesurer sa tombe :
Il fera bien parmi les morts.

Puisque tes goûts furent funèbres;
Tu peux les apaiser enfin
O siècle, voici les ténèbres :
Prends à même et mange à ta faim.

18 décembre 1899.

A M. FRANÇOIS VEUILLOT.

L'ÉTENDARD DE L'AVENIR

A summo cœlo egressio ejus (Ps. *18*).

Ce siècle a beau rugir et blasphémer encore :
L'Ange au glaive saura l'atteindre en temps et lieu
Et le miroitement de son clinquant sonore
Ne l'empêchera pas de pâlir devant Dieu.

Et déjà, dans les cieux, un nouveau siècle arbore
Ses couleurs, écarlate à l'horizon en feu,
Puis, blanc de la blancheur candide de l'aurore,
Puis, jusqu'au fond du ciel uniformément bleu.

On dirait un drapeau tricolore de France
Déployant à l'envi ces longs plis d'espérance,
Où l'on sent comme des frissons d'amour vainqueur.

Oui ! sois vainqueur, ô Christ ! fais rayonner tes flammes !
Il faut un Astre d'or au ciel des oriflammes ;
Celle de l'avenir n'attend plus que ton Cœur !

1900.

Aux Anciens d'Ecouis.

V

ESPÉRANCES

Spes in spem.

Croyons en l'avenir!
V. H. (Prière pour tous).

Quand même!
Déroulède (Refrains militaires).

L'ORAGE

Post tempestatem tranquillitas.
(IMITATION).

Au soir d'un de ces jours brûlants, alourdissants,
Où pour jouer encor il faut avoir dix ans
Et que l'on se maintienne à l'abri des charmilles,
— Où, sur les graviers reluisants,
Gisent confusément maillets, boules et quilles,

Tandis que cheminant parmi les verts tilleuls
Que plantèrent pour eux de prudents bisaïeuls,
Les *grands* à pas comptés traînent leurs causeries,
(Vous souvient-il des lourds glaïeuls
Quand ils font chuchoter leurs clochettes fleuries?)

A l'heure où le Soleil, sur un signe de Dieu,
Ramène à lui les plis de son manteau de feu,
Adresse à l'horizon un sourire suprême
Et s'en va dans le gouffre bleu,
Abîmer sa grandeur aux pieds de Dieu lui-même;

A l'heure où les blés d'or, les seigles argentés,
Les trèfles d'émeraude aux rubis veloutés,
Les avoines, aux tons plus modestes d'opale
Avec des bluets incrustés,
Toute la plaine enfin s'offre, immobile, au hâle;

A l'heure où plus un cri ne sort du fond des bois,
Où les nids de pinson eux-mêmes sont sans voix,
Où dans le vieux clocher, lorsque l'horloge sonne,
Ni sous les charpentes des toits
Rien ne répond, rien ne s'émeut, rien ne frissonne,

Un nuage apparaît, au profil rebondi,
A la démarche sûre autant qu'envahissante :
Il dédaigne la plaine et sa grâce impuissante :
Il monte, il s'avance, il grandit :

C'en est fait du monde :
Le nuage immonde
Etincelle et gronde
Et l'eau tombe dru.
Chacun fuit sur l'heure
Et vers sa demeure
Dont le larmier pleure
Est vite accouru.

Or, les blanches routes,
Qui s'étoilaient toutes
Sous les larges gouttes
Au premier abord,
Changent leur poussière
En fange grossière
Dont l'avide ornière
Se gorge à plein bord.

Cependant, l'orage
Redouble de rage.
Comme un tigre en cage
Il rugit vraiment.
L'eau tombe plus vite.
L'ardoise crépite.
Le vent précipite
L'affreux hurlement.

Il mutile un orme,
Jette au ciel difforme
Une branche énorme.
Une autre la suit :
Le ciel lui renvoie
Avec l'eau qui noie,
La grêle qui broie,
L'éclair qui détruit.

Tout croule et se mêle
Dans l'horrible grêle
Depuis l'herbe grêle
Jusqu'aux blés altiers.
L'avoine s'égrène,
Le cyclone entraîne
Par les champs qu'il draine
Des arbres entiers.

Les forêts chancellent,
Les vallons ruissellent :
Au fond s'amoncellent
Les alluvions.
En quelle retraite
Se cache muette
La vive alouette,
Fille des sillons?

Après un silence,
De nouveau s'élance
Avec violence
— Brusque, irrégulier —
L'éclair écarlate
Dont la flamme éclate
Et met son stigmate
Au fier peuplier.

La meule s'allume
Dans l'intense brume,
Etincelle et fume
Ainsi qu'un flambeau.
Qui peut la défendre?
On la voit descendre
En sa propre cendre
Comme en un tombeau.

La terre est jonchée
De paille hachée,
D'ardoise arrachée
Aux toits d'alentour.
Partout des décombres
Où les éclairs sombres
Et de pâles ombres
Passent tour à tour.

Ah! lorsque tout souffre
Sous les flots de souffre
Que vomit le gouffre
Allumé là-haut,
La faiblesse humaine
En vain se démène :
Elle perd sa peine
En un tel fléau.

Mais laissez s'écouler quelques mois, une année,
La terre reprendra sa robe enrubannée,
Et sa ceinture de vermeil.
Elle enveloppera les présentes ruines
De son riche manteau royal bordé d'hermine,
Qui reluira dans le soleil.

Notre Religion est comme la Nature.
Ce sont deux diamants de la même structure,
Qui sont sortis des mêmes mains.
Ne craignons donc pas trop pour elles les encombres.
Sous le feu des éclairs, par delà les décombres,
Apercevons les lendemains!

1905.

A S. G. Mgr Philippe Meunier

Evêque d'Evreux

LE POÈTE ET LES ENFANTS

Le *Poète*, accablé sur le bord de la route,
une lyre à la main.
Les *Enfants*, vives, insouciantes, pensionnaires.
Elles s'approchent du poète à tour de rôle.

I

— Poète, prends ta lyre, et chante. — Que chanter?
— Les murs enlierrés où, loin du bruit et des trombes,
Les Colombes du ciel accourent s'abriter.
— Les murs sont toujours là : mais, où sont les colombes?
Je ne chante point sur des tombes.

II

— Poète, prends ta lyre et chante. — Que chanter?
— La plaine, dérobant les nœuds de ses sandales
Sous la robe à plis d'or que l'on voit miroiter.
— D'où vient qu'en tant de lieux, je ne vois que des dalles
Avec des traces de Vandales?...

III

— Poète, prends ta lyre et chante. — Que chanter?
— La mer et, sur la mer, le vaisseau blanc qui flotte.
Sans que vent ni récif parvienne à l'arrêter?
— Hélas! n'entends-tu pas la voix de la hulotte?
Le Vaisseau n'a plus de Pilote *.

IV

— Poète, prends ta lyre et chante. — Que chanter?
— Les arbres chevelus, dont, quand plus un ne bouge,
La lune vient toucher le front et l'argenter.
— Non, la lune est trop pâle et, fumant comme un bouge,
Là-bas, l'horizon est trop rouge.

V

— Poète, prends ta lyre et chante. — Que chanter?
(Toutes ensemble)
— Chante alors notre amour pour notre Evêque et Père.
— Il pleure aussi. — Son cœur se pourrait dilater,
Si tu lui racontais notre passé prospère.
— Il est mieux de lui dire : *Espère!*

Au Pensionnat, 24 juillet 1903.

* Allusion à la mort de Léon XIII.

A la mémoire de M. Cresté.

LUI

Comme une fleur éclose aux larmes de la nuit,
Que le soleil levant développe et colore,
Est-ce son Souvenir, ne serait-ce pas Lui
Que je vis ce matin dans un rayon d'aurore?

C'était Lui — son abord simple, son air loyal,
Son ardeur juvénile et sa bonté prenante,
Ce je ne sais quel charme à Lui — dont l'idéal
S'éveille de partout en ces lieux et nous hante.

C'était Lui — son modeste et souriant éclat,
Mais sans l'expression légèrement morose
Qu'y mettait autrefois l'ennui de l'au-delà,
Comme l'aube au ciel bleu met un voile de rose.

C'était Lui — sa douceur, sa cordialité,
Sa sainte passion pour les causes sublimes,
Son indignation de voir la Liberté
Rouler de roc en roc aux brisants des abîmes.

C'était Lui — s'adressant au cœur de ses enfants,
Leur découvrant la vie en une haute fresque,
Leur faisant du Devoir sonner les olifants,
Leur rayonnant à flots sa foi chevaleresque.

C'était Lui — conduisant les petits par la main,
Accompagnant les grands de sa sollicitude,
Jusqu'au jour où, tout fier de bénir leur hymen,
Il en offrait au Dieu d'Abraham le prélude.

C'était Lui — prenant part à ces brillants tournois
Où l'Art et la Nature entrecroisaient leurs armes,
Où la foule, au frisson pénétrant de sa voix,
Vibrait d'enthousiasme ou se fondait en larmes.

C'était Lui — célébrant le divin Bambino,
Dans son cher *Bethléem*, à Saint-François-de-Sales,
Où pour ouïr chanter le Nolet, nau, nau, nau,
Tout Evreux accourait s'entasser dans les salles.

C'était Lui — fêtant Beuve et son fier escadron,
Qui préféra mourir que snbir des entraves.
Tous moururent, sauf Beuve et Sanson, le clairon.
... Ils étaient là * tous deux. Tous deux pleuraient, les [braves!

C'était Lui — ranimant sous notre œil ébloui
Les acteurs scélérats ou purs du grand Mystère :
Judas, Pilate, Hérode et Marie, et Celui
Qui de son Golgotha, secoue encor la terre.

C'était Lui — l'orateur poète et chevalier,
A la voix éloquente autant que paternelle,
Dessinant son discours du geste familier
Dont il enveloppait les enfants sous son aile.

C'était Lui — l'organiste attitré des grands jours,
Et je cherchais d'instinct ses doigts qui, dans les fêtes,
Modulaient sur la flûte au seuil des antres sourds
Ou versaient l'ouragan des notes sur nos têtes.

Et je me pris à lui parler tout bas,
Comme quelqu'un qui veut se plaindre et n'ose,
Comme on a peur de frôler une rose,
Comme on a peur, lorsqu'un oiseau repose,
De l'effrayer au seul bruit de ses pas.
Et je me pris à lui parler tout bas :

Toi que nous nommions notre frère,
Etant pour nous plus qu'un ami,
Que ceux qui t'appelaient leur père
N'aimaient pas non plus à demi,

Quels ennuis ont pu, quelles craintes
Te pousser à fuir nos étreintes,
A te dérober à nos yeux?
Nos cœurs du tien étaient avides,
Et tu n'ignorais pas quels vides
Ta mort allait creuser en eux.

Lui me dit : Quand Dieu nous appelle
Faut-il résister à sa voix?
Mon âme vous délaisse-t-elle?
Elle est mieux à vous qu'autrefois.
La flamme vaut mieux que la lampe,
Et la bannière que la hampe
Et l'artiste que ses deux mains.
Puisque sur vous mon âme veille,
Permettez que mon corps sommeille
Jusqu'aux mystérieux demains.

Je lui dis : Tu pouvais encore
Partager longtemps notre exil.
Le Dieu qui fait naître l'aurore
Dans la nuit la replonge-t-il?
Mais non. Ta mort fut foudroyante,
Parce que ton âme vaillante
Epuisa ton corps jusqu'au bout.
Tel le plus nerveux cheval corse,
Quand on le pousse à bout de force,
S'effondre à terre tout à coup.

Lui me dit : Que dans la bataille
Où son honneur le fit charger
Le soldat reçoive une entaille
Qui mette ses jours en danger,
Il ne veut pas à l'ambulance
Aller éteindre sa vailiance.
Il presse encor les ennemis.
Puisqu'après tout, il faut qu'il meure,
Il sait, jusqu'à sa dernière heure,
Servir sa cause et ses amis.

— Oui, tu fus un grand cœur, lui dis-je.
Mais, ils sont nombreux les soldats
Qui n'opèrent point de prodige,
Et que Dieu ne rejette pas.
Toi, tu cherchais les hauts faits d'armes
Tu ne semblais trouver de charmes
Qu'à voler toujours plus avant
Vers le labeur, vers la victoire,
Vers cet idéal dont la gloire
Eclairait ton front si souvent.

— Lui me dit : Ecoute-moi, frère :
Qui bataille n'est pas vaincu.
Qui craint de mourir, au contraire,
Montre qu'il n'a que trop vécu.

La vie est belle qui se donne
Comme le verger, à l'automne.
Ce fut là mon idéal bleu.
Ah! si l'on meurt à sa poursuite,
Comme l'on s'en console vite
En l'atteignant au sein de Dieu!

Comme on entend le soir en entr'ouvrant sa porte,
L'écho des airs lointains que le vent nous apporte,
Tandis qu'il me parlait, un souffle s'éleva,
Un souffle tout chargé de céleste harmonie.
Sur ce souffle, il rentra dans la gloire infinie...
Ah! qu'il est dur de voir son ami qui s'en va!

1906.

* Allusion aux fêtes du 25e anniversaire du combat de Brémulle.

A M. le chanoine Acard,

Supérieur du Collège.

FINIS ESCOVII

Il ont juré ta mort, ô mon cher Ecouis!

Que leur font ta beauté, ta gloire, ta puissance,
Et cet élan d'amour et de reconnaissance
Qui tous les ans vers toi nous pressait réjouis?
Comme ils haïssent Dieu, sachant que ta couronne
Lui doit l'incomparable éclat qui l'environne,
Ils ont juré ta mort, *ô mon cher Ecouis!*

Tu n'étais qu'un village inconnu dans la plaine :
Verclives, de son mont, t'apercevait à peine,
Mais voici que, soudain, tes clochers sont construits,
Tu deviens le palais de Dieu... de Notre-Dame
Et ton corps s'agrandit pour une si grande âme.
Ils ont juré ta mort, *ô mon grand Ecouis!*

Depuis lors, tu ne fus jamais plus — solitaire :
Tes jubilés — étaient célèbres sur la terre :

Le prince y coudoyait ses sujets éblouis,
Et maint puissant seigneur reposait sous tes dalles
Et les Vincent de Paul s'asseyaient dans tes stalles.
Ils ont juré ta mort, *ô mon saint Ecouis !*

Comme tu rayonnais aux fêtes solennelles,
Quand, mettant des éclairs dans toutes les prunelles,
Des sourires sur tous les fronts épanouis,
Tes douze voix d'airain, sonnant depuis l'aurore,
Soulevaient tous les cœurs à leur appel sonore :
Ils ont juré ta mort, *mon illustre Ecouis !*

Quand ta nef n'était plus qu'un Océan de têtes
Sur qui l'orgue, tantôt, secouait des tempêtes,
Tantôt faisait glisser de fluets gazouillis,
Que chanoines et clercs, aux saintes harmonies
Joignaient l'éclat pompeux de leurs cérémonies :
Ils ont juré ta mort, *ô mon vieil Ecouis !*

Ils ont juré ta mort comme en quatre-vingt-treize
Ceux qui te dépouillaient et pouvaient à leur aise
Briser dans tes caveaux tes cercueils enfouis,
Tandis que l'ouvrier Allan sauvait tes marbres
Les brouettant le soir à l'ombre des grands arbres.
Ils ont juré ta mort, *ô mon pauvre Ecouis !*

Quand le calme revint, la Puissance civile,
En quête d'un chef-lieu, te préféra Grainville
Puis, Fleury : Tous tes droits semblaient évanouis.
Mais, la Religion pour venger ta mémoire
Sut donner à tes murs un renouveau de gloire.
Ils ont juré ta mort, *ô mon noble Ecouis !*

Tu fus pour le Vexin, comme une aimable Athènes.
Le Vexin t'amena ses enfants par centaines,
Tu les lui rendis forts, hommes d'honneur, instruits;
Ton Collège fut sa maison familiale,
Et ton Pensionnat, sa serre liliale.
Ils ont juré ta mort, *ô mon bon Ecouis !...*

Vous les rappelez-vous ces merveilleux dimanches
Où les vierges marchaient en longues files blanches
Parmi les encensoirs d'argent — aux tons bleuis —
Où les chantres, drapés dans l'or, scandaient leurs proses,
Où neigeaient à flocons les œillets et les roses !...
Ils ont juré ta mort, *ô mon bel Ecouis !*

Vous les rappelez-vous ces fêtes du Collège,
Ces soirs, où défilait un lumineux cortège,
Où la fanfare avait des accords inouïs,
Où le Tout-Ecouis, maîtres et domestiques,
S'égayait avec nous, assis sous nos portiques?
Ils ont juré ta mort, *mon joyeux Ecouis !*

Vous la rappelez-vous cette scène sublime
L'ardent abbé Cresté, Beuve le magnanime,
Ici même, où s'était entassé le pays,
Se tenant par la main, comme Oreste et Pylade,
Et pour la France et Dieu se donnant l'accolade?
Ils ont juré ta mort, *ô mon brave Ecouis!*

Il importe à leur gloire infâme que l'on dise :
Ecouis n'est plus rien de ce qu'en fit l'Eglise :
Ses foyers de vertu chrétienne sont détruits,
Son commerce est tué, ses places sont désertes.
Il n'est plus qu'une épave au sein des plaines vertes.
Dire qu'ils ont juré ta mort, *mon Ecouis!*

Ah! que je la ressens, Ecouis, ta détresse!
Comme je veux au moins te crier ma tendresse,
Puisque t'aimer encore est tout ce que je puis!
Va, nos cœurs tout meurtris conserveront ta flamme
Et ceux qui broient ton corps pour atteindre ton âme
Devront nous arracher les nôtres, *Ecouis!!!*

4 juillet 1907.

LA TERRE QUI NE MEURT PAS

O Terre, tant de fois bénie et consacrée,
Terre de nos aïeux, illustre et vénérée,
Qui projetais bien haut tes arbres dans les cieux,
Qui couvrais tes jardins de fruits délicieux,
Qui, sous nos pieds d'enfants, de peur d'être trop dure,
Etendais à foison des tapis de verdure,
Qui chantais avec nous, te couronnais de fleurs,
Et riais à nos jeux, et pleurais de nos pleurs,
Et mêlais tendrement ton âme avec nos âmes,
Et fièrement, levais dans l'air — nos oriflammes;

O Terre, où notre vieux Collège infortuné,
Comme un chêne immortel était enraciné,
Qui roulais ton manteau sur ses racines fortes,
Et — lorsqu'il secouait sur toi ses feuilles mortes,
Les cachais, — comme des reliques, — dans ton sein;
Terre où, près de cent ans, les Enfants du Vexin
Respirèrent l'amour du bien, l'horreur du vice
Et, prosternés devant l'autel du Sacrifice,
Puisèrent, dans le Corps et le Sang du Seigneur,
La force de plutôt tout perdre — que l'honneur;

Terre de Sainteté, d'Art et de Poésie,
Où par de clairs sentiers, odorant l'ambroisie,

La Science et la Foi menaient droit au Devoir;
O Terre, dont j'ai tant de bonheur à revoir,
A sentir, à palper du moins quelques parcelles
— O Terre, à les baiser! — non! tu n'es pas de celles
Que l'homme, en frémissant, jette sur un cercueil;
Mais de celles, qu'avec un légitime orgueil
Le jardinier, qui les connait par maintes preuves,
Emporte et va semer sur d'autres terres neuves.

Avec toi, — sous des yeux en pleurs, mais réjouis, —
Ce sont tous les ferments du passé d'Ecouis,
Ses élans vers le mieux, ses convictions fermes,
Sa sève, ses ardeurs, son avenir en germes,
Ses talents, ses vertus, ses sourires aussi,
Qui, piétinés là-bas, refleuriront ici,
Si bien que, retrouvant en ces lieux tes tendresses,
Nous reviendrons encore à toi dans nos détresses,
O Notre bonne terre! Et les rires moqueurs
Ni la force — n'auront de prise sur nos cœurs.

La poussière qu'on sème et le cœur qui se donne,
Qui donc pourrait jamais les reprendre? — Personne *.

1909.

* En disant ces derniers vers, l'auteur répand sur le sol de la Maison Jeanne d'Arc un peu de la terre du Collège. Son geste répond aux sentiments de tous, comme en témoignent les pleurs qui perlent aux paupières.

LARMES ET ESPÉRANCES *

A M. l'Aumônier.

Va pleurer, pauvre ami, près des vieux murs déserts.
Va pleurer. Ces bosquets et ces grands arbres verts
Ont une larme à chaque feuille :
Une larme pour toi, — pour ceux que tu chéris,
Que ta lyre a souvent charmés, sinon guéris,
Et que leur solitude endeuille.

Va pleurer. La colombe autrefois dans l'azur
Planant sur la forêt ou le vallon obscur
Maintenant gît dans la poussière.
Des vautours sont venus qui planent à leur tour,
Non dans le bleu du ciel, mais dans le demi-jour,
Propice à la gent carnassière.

Va pleurer sur le seuil de ta chère Maison.
Va voir en quel état la folle déraison
Unie à l'infâme malice
A réduit ce qui fut la gloire du Vexin.
C'est un meurtre, cela ! Qu'importe l'assassin ?
Dieu prendra soin de son supplice.

Pleure, toi, pleure encor sur ce sol profané,
Comme on pleure sur un Innocent condamné,
Tes pleurs laveront la souillure...
Mais, non! de par la loi! tu ne franchiras pas
Ces murs habitués à l'écho de tes pas!
De par la loi, je te le jure!

La classe, où chaque soir comme chaque matin,
Tu montrais aux enfants la beauté du latin,
Assis entre Phèdre et Virgile,
Te restera fermée impitoyablement,
Comme aussi le verger où, sous un ciel clément,
Tu nous commentais l'Évangile;

Comme aussi la Chapelle où ton cœur s'épanchait,
Où, sous le poids de Dieu tout ton corps se penchait
Dans une longue révérence.
Ah! ta douce chapelle! il te reste du moins
D'en pouvoir embrasser le chevet, sans témoins,
Comme il convient à la souffrance.

Va pleurer sur l'ami qui dort sous le cyprès.
Va pleurer, et nous tous, nous te suivrons de près,
Mêlant nos soupirs à tes larmes.
Sur la brèche, il tomba comme les preux guerriers,
Laissant son Écouis tout couvert de lauriers,
Etreignant encore ses armes.

La douleur est pour nous, et la gloire pour lui.
Son âme eût trop souffert. Il vaut mieux qu'elle ait fui,
Sans rien savoir de nos tristesses.
Là haut elle rayonne avec les bienheureux
De ce rayon si pur qui partait de ses yeux,
Rayon tout chargé de promesses!

Cesse donc de pleurer! Cessons donc de gémir!
Ouvrons-nous à l'espoir d'un meilleur avenir!
Souhaitons que bientôt il vienne
Le jour où de nouveau, sans crainte des vautours,
Nous verrons se poser, non loin des vieilles tours,
Notre Colombe Escovienne!

IGNOTUS.

1909.

* Cette poésie et la suivante, de notre ami *Ignotus*, sont publiées avec son autorisation.

AUX JEUNES

La Tyrannie eut toujours ses adeptes :
Néron, Trajan, Sapor, Calvin, Cromwell :
Les uns experts dans l'art d'être cruel,
    Les autres simplement ineptes :

Plus près de nous, l'atroce Jacobin,
Qui, ne pouvant courber les hautes têtes,
Les abattait entre deux de ses fêtes
    Et mêlait le sang à son vin.

Sont-ils tous morts? — Non. Pensez aux orgies
Des détrousseurs de nos religieux.
Il en est peu de ces forbans joyeux
    Dont les mains ne soient pas rougies.

Songez surtout à l'asile béni
Où s'écoula si douce votre enfance.
Souvenez-vous que l'on a fait défense
    Aux oiseaux de revoir leur nid.

Malgré l'attrait de l'Arche hospitalière,
Qui près de là s'est ouverte pour nous,
Quelle pitié d'entendre les coucous
S'attribuer notre volière?

Mais, espérons quand même! Tôt ou tard,
Le Droit éclot et fleurit en Victoire.
Tous les tyrans vivent la même histoire,
L'histoire du roi Balthazar.

Comme autrefois, aux murs de Babylone,
La main de l'Ange, en écrivant trois mots,
Sur Balthazar attira tous les maux
Et le jeta bas de son trône,

Nos tyranneaux s'écrouleront demain...
Pour renverser le piédestal de liège
Où, gravement, leur légèreté siège,
Que faut-il? — Un revers de main.

O jeunes gens, soyez la main de l'Ange!
Que les regards des tyrans effarés
Lisent partout : *Mane*, *Tecel*, *Pharès*,
La devise qui juge et venge!

Mane : Tyrans, vos jours sont révolus,
Tecel : Votre âme a moins de poids qu'une ombre,
Pharès : C'est l'heure où votre empire sombre...
On ne l'aperçoit déjà plus.

Honneur à toi, jeunesse, et sois bénie
De batailler sans reculer d'un pas
Et d'aimer mieux affronter le trépas
Que de subir la tyrannie!

IGNOTUS.

1910.

ÉVOCATION

(Air du *Bûcheron* de Botrel).

1. Un soupir, exhalé de la terre
Sur le minuit,
Dans mon âme a jeté son mystère
Et s'est enfui.
O Ecouis, serait-ce la grande ombre
De ton Passé,
Dont le souffle, au sein de la nuit sombre,
M'a caressé?

REFRAIN

Lève-toi, mon chêne séculaire!
Trop longtemps, la haine et la colère
Font loi;
Un seul asile auguste et tutélaire
Peut me plaire :
C'est toi.

2. Ou serait-ce un écho du ramage
De tant d'oiseaux,
Dont mon Chêne abrita le jeune âge
Sous ses arceaux,

Qui venaient, chaque année, en famille,
Heureux, bénis,
Ranimer, sous la même ramille,
Les mêmes nids?

Lève-toi...

3. Ou serait-ce une note perdue
De la clameur
Qui, naguère, au loin fut entendue :
« Ecouis se meurt.
« Une loi, — sinistre bûcheronne, —
« Et ses valets
Du Vexin ont brisé la couronne
« Aux verts reflets! »

Lève-toi...

4. Ou serait-ce un frôlement d'Archange
Silencieux
Annonçant quelque réveil étrange
Au fond des cieux;
Annonçant qu'au réveil de la foudre
Les bûcherons,
A leur tour, abattus dans leur poudre,
Y resteront?

Lève-toi...

5. C'est plutôt le frisson des racines,
Germe vivant,
Qui s'avance au-dessous des ruines
En s'élevant :
Voyez-vous, tout gonflé de la sève
Du souvenir,
S'élancer le Chêne de mon rêve
Vers l'avenir?...

Lève-toi...

1910.

ÉPILOGUE

CE QUE DISENT LES MURS DE LA COLLÉGIALE

Nous avons vu passer ici, chargés d'honneurs,
Les plus fiers chevaliers, les plus puissants seigneurs.
Nous les avons vus, morts, descendre sous ces dalles.
Nous avons vu des rois, des moines en sandales,
Tous les corps de métiers, des bourgeois, des manants,
Des chanoines, sous leurs aumusses frissonnants.
Nous avons entendu soudain, aux chants du prêtre
Succéder les jurons des marchands de salpêtre;
Nous avons vu le crime et la corruption
Régner, trôner, s'offrir en adoration,
Parmi les fleurs de lys sur le sol abattues;
Nous avons vu briser tombeaux, vitraux, statues :
Rien ne devait rester de la foi des aïeux...
Nous restions, nous, vieux murs, témoins silencieux,
Pour voir, après les jours affreux, les jours prospères,
Et les enfants prier comme priaient les pères.
L'Eglise tôt ou tard relève son autel;
Mais il n'est jamais tard, quand on est immortel.

Juillet 1909.

TABLE DES MATIÈRES

I. HOMMAGES

II. PRÉLUDES

III. ÉPREUVES

IV. JOIES

V. ESPÉRANCES

Erratum. — Lire page 5 : *1898*.

Evreux, Imp. de l'Eure. — G. Poussin, gérant.

A L'IMPRIMERIE DE L'EURE

Ou chez l'Auteur, La Neuve-Lyre (Eure).

LES ESCOVIENNES. — Les grands

Jours d'Écouis . . . . 3 fr.

Chez nous . . . . 3 fr.

Bergerets : PASTORALE . . . . 0 fr. **60**

Les deux vol. et BERGERETS pris ensemble . . 5 fr.

Cour d'Amour, en l'honneur de Mgr Meunier, Évêque d'Évreux (PASTORALE) . . . . 1 fr. **25**

Jeanne d'Arc, drame pastoral en 3 actes. . 1 fr. **25**

La Partition du drame de Jeanne d'Arc, par MM. Bruneau et Billaud . . . . 2 fr. **25**

LA NEUVE LYRE DE NOTRE-DAME, Cantiques en l'honneur de la Sainte Vierge . . . . . . 1 fr.

www.ingramcontent.com/pod-product-compliance
Ingram Content Group UK Ltd.
Pitfield, Milton Keynes, MK11 3LW, UK
UKHW031901260826
14628UKWH00002B/922

9 782019 930349